KB020866

부어스,

별을 따는 사람들

권혜린 장편소설

부어스

별을 따는 사람들

차례

미로의 집

때로는 앞에 놓인 한 발자국이 삶을 송두리째 바꾸기도 한다. 내 상황이 딱 그랬다. 발끝과 맞닿아 있는 문지방을 발가락 코로 건드려 보았다. 단단하면서 매몰찼다. 이 문지방만 넘으면 세상이었다. 내 세상, 네 세상 따질 것 없는 그냥 세상. 문지방을 넘었을 때 세상이 아니라 방이 나오는 집에 사는 사람들은 모를 것이다. 문지방은 집과 세상 사이에 있는 반듯한 금이었다. 대차고도 매서운 경계였다.

원래부터 이랬던 건 아니었다. 내게도 문지방을 넘었을 때 밖이 아니라 방이 나왔던 시절이 있었다. 신생아 때라고 해도 믿을 만큼 까마득한 얘기였다. 안방을 넘으면 거실이었고 거실을 넘으면 화장실이었다. 화장실을 넘으면 내 방이었고 내

방을 넘으면 부엌이었다. 지금은, 문지방을 넘으면 바로 복도가 나왔다. 방문을 열고 나와 일자형의 복도를 따라 열 걸음 정도 걸어가면 '햇살 무늬 고시원'에서 공동으로 쓰는 현관이 있었다.

현관문과 내 방이 얼굴을 마주하고 있어서 인생이 더 잘 안 풀렸을지도 몰랐다. 명당자리 운운하는 부모가 현관문과 방문이 마주 보고 있으면 기운이 좋지 않다고 했었다. 풍수지리상으로 맞는 말인지 확실하지는 않지만 이제까지 적어도 운이 좋은 편은 아니었으니 일리가 없는 말은 아니었다. 방을, 아니 집을 아예 잃었으니 말이다. 현관문을 열고 밖으로 나가는 순간부터 당분간, 어쩌면 영영 내 집이 생길 일은 없을 예정이었다.

내 집이라는 건 집 주소가 미로가 되지 않은 사람들만 할 수 있는 말이었다. 미로. 입안에서 중얼거려 보았다. 차가 부드럽게 굴러가다가 급정거하는 것 같았다. 내 인생이 이렇게 급정거할 줄은 몰랐다. 문지방을 넘어서 세상으로 나가자마자 '집 주소가 미로가 되었다'라고 동사무소에 신고해야 했다. 주민등록증 뒷면에 있는 주소 변경란에 이사 간 새 주소가 아니라 '미로(迷路)'라고 적히는 것이다.

속으로만 내질렀던 모든 욕이 입술 사이로 튀어나왔다. 이제 가족 같은 반려의 위치로 지위가 상승한 동물과 된소리 발음이 합쳐졌다. 숫자로 이루어진 욕도 이어졌다. 토사물이 입술 사이로 흘러내리듯이 불쾌하게 미끄러지는 욕이었다. 그런 욕들조차 시원하게 토해지지 않고 몇 번 나오고 말았다.

이미 한 달 전에 고시원비를 더 이상 낼 수 없다는 것을 깨달았다. 가지고 있는 책과 옷들을 몽땅 온라인 중고 카페나 동네 마켓에 팔아도 고시원비를 내기에는 턱없이 부족했다. 고시원에 들어올 대기자만 열 명 넘게 있었으므로 단 하루도 더 머무를 수 없었다.

게다가 어제부로 파산에 이르렀다. 사기를 당한 것도 아니고 큰 병에 걸린 것도 아닌데 폭풍을 만난 배처럼 순식간에 난파해 버렸다. 어제 지갑에 남아 있던 마지막 돈으로 편의점에서 전주비빔밥 맛의 삼각 김밥과 복숭아 맛 쿨피스를 사 먹었다. 내가 먹고 싶은 것을 고르는 게 아니라 돈이 먹어야 할 것을 골라 주었다. 비빔밥 맛을 낸 조미료가 매워 쿨피스로 얼얼한 혀를 달랬다. 얼얼한 것은 혀뿐만이 아니었다. 마음도 얼얼했다.

하루가 지난 오늘 아침, 새롭게 밝아 온 월요일에는 고시원 전화로 부모에게 전화했다. 둘 다 전화를 받지 않았다. 하긴, 그들은 지금 바쁘시다. 하나밖에 없는 아들의 전화도 받지 못할 정도로. 인생의 한 방, 한 건을 위해 오늘을 탕진하느라 전화 받을 시간도 아까우시다. 한 명은 시골에 묻혀 있는 비닐

하우스 도박장에서, 다른 한 명은 도시의 지하철역에 묻혀 있는 로또 명당자리에서. 각각 살아 있는 무덤을 만들고 있는 그들과 술래잡기할 때는 언제나 내가 술래, 그것도 늘 실패만 하는 술래였다.

그들은 고시원 전화번호를 저장해 두고 일부러 나를 피할 수도 있었다. 그러고도 남을 사람들이었다. 휴대폰 대금이 연체되는 바람에 한 달 전부터는 휴대폰도 끊겨, 나와 그들을 연결할 수 있는 건 고시원 전화번호뿐이었다. 그들이 전화를 받는다고 해서 딱히 해결책이 나오는 것은 아니었다. 셋이 껴안고 귀뚜라미처럼 울어 대는 것 외에는 서로에게 해 줄 게 없다. 그런다고 밥이나 잠자리가 나오는 것도 아니고. 빚만 유산으로 물려주지 않기를 바랄 뿐이다. 이제는 내 삶을 스스로 챙겨야 한다.

부모에게 전화한 것 외에 용기를 낸 일은 또 있었다. 전화를 끊고 사무실을 나왔을 때, 마침 대걸레를 든 고시원 주인이 사무실 옆을 지나가고 있었다. 나도 모르게 주인의 소매를 붙잡았다.

주인은 내 얼굴을 보자마자 혀를 차며 말했다.

“아직도 안 갔어?”

“저, 저기…….”

“빨리 말해. 옥상 청소하러 가야 하니까.”

“……저, 그 청소, 제가 하면 안 될까요?”

“뭐?”

“청소부로라도, 여기 있게 해 주시면, 그 은혜는 절대로 잊지 않겠습……니다.”

“청소할 사람은 이미 구했어. 내일부터 올 테니 얼른 정리하고 나가는 게 좋을 거야. 여기에 더 퍼질러 있다고 해서 바뀌는 건 없어.”

“…….”

“……참, 보니까 방에 책이 많던데. 그거 다 들고 갈 거야? 이삿짐센터 부른 것 같진 않드만.”

“아뇨, 사실 가져갈 데가 없긴 합니다. 잠깐만 맡아 주실 수 있으세요?”

“그럼, 그럼. 책 정도는 맡아 줄 수 있지. 나도 그렇게 매정한 사람만은 아냐. 먹고살려다 보니…… 일이 사람을 만든 게지.”

고시원에 두고 갈 수 있는 것은 책뿐이었다. 공무원 시험을 준비할 때 봤던 책들을 한데 모아 과자 상자에 넣었다. 컵라면이나 컵밥만 먹으면서 아낀 돈으로 산 책들이었다. 재가 묻은 것처럼 손때가 얼룩진 책장을 집게손가락으로 오랫동안 문질렀다. 손에 묻어난 먼지를 한참 바라보았다. 이곳에 살았던 내 시간들의 흔적 같았다. 손으로도 쉽게 지워지는 약한 흔적들이었다.

고시원에 남은 내 흔적은 또 있었다. 화장실에 남긴 낙서였다. 고시원에서 공동으로 쓰는 화장실 벽에는 낙서가 줄줄이 이어져 있었다. 인터넷 게시판에서 댓글 놀이를 하는 것처럼 고시원에 들어오는 사람들은 화장실에 꼭 한마디씩 적어 놓았다. 그런 낙서는 쓸데없는 말 같아도 화장실에 머무르는 동안은 정성스럽게 읽게 된다. 그리고 나도 한마디 보태고 싶어진다.

누가 남겼는지 모를 시작은 '오늘 나는 죽었다'라는 말이었다.

오늘 나는 죽었다
ㄴ오늘 너만 죽었다
ㄴ내일 너도 죽는다
ㄴ넌 나한테 죽었다
ㄴ나 빼고 다 죽었다

맨 마지막 낙서 아래에 한 줄을 보탰다.

ㄴ다 빼고 나만 죽었다

이렇게 마지막 인사까지 남긴 지 다섯 시간이나 지났는데도, 나는 아직까지 나무로 된 문지방 위에 발을 올린 채 망설이고 있었던 거다. 지하철역의 안전선을 밟고 있는 것 같았다. 한 걸음만 더 앞으로 가면 선로로 추락할 것처럼 문지방 너머의 세계는 아득했다.

뒤를 돌아보았다. 바닥에 푸른색 침낭이 펼쳐진 채 놓여 있었다. 인터넷에서 만 원이 조금 넘는 최저 가격을 주고 산 거였다. 초경량에 사계절 내내 쓸 수 있어 새로운 집으로는 안성맞춤이었다.

예행연습 삼아 이틀 전부터 방에서 침낭을 펴고 잤었다. 방에 있는 침낭은 안방까지 들어온 손님 같았다. 팔다리를 몸에 붙인 차렷 자세로 누웠다. 강물에 빠진 사람처럼 침낭 속으로 순식간에 삼켜졌다. 두 손을 배 위에 올려놓으니 산 채로 미라가 된 기분이었다. 다음 날 아침 땀에 푹 젖어 침낭에서 몸을 빼내면, 뒤척였던 모양이 그대로 남아 있는 침낭은 질긴 허물처럼 보였다. 연습할수록 익숙해지기보다는 불안해지고 낯설기만 했다. 침낭 속에서 질식사할 것처럼.

이제는 정말로 나가야 했다.

문지방에 올렸던 발을 내렸다. 바닥에 쭈그려 앉으면서 침낭의 양 끝을 잡았다. 김밥을 말듯이 틈틈이 가운데를 누르며 달팽이 모양을 만들었다. 공기를 집어넣지 않고 촘촘히 말아야 침낭 커버에 겨우 들어갈 수 있었다. 안 그러면 기껏 만 보람도 없이 풀어서 처음부터 다시 말아야 했다. 침낭 커버는 구겨진 채 책상 아래에 있었다. 침낭 커버를 집어 들었다. 왼쪽에 달린 줄에 망치의 머리와 비슷한 버튼이 있었다. 버튼을 누르면서 줄을 아래로 당겼다. 입구가 넓어졌다. 침낭 위에 커버를 씌웠다. 다시 버튼을 누르면서 줄을 밀었다. 길게 늘어진 줄을 리본으로 묶었다.

세상에서 가장 작은 집이 완성되었다. 그 집을 등산 배낭에 담았다. 배낭에는 침낭뿐만 아니라 칫솔, 비누, 수건, 면도기, 티셔츠와 바지 한 벌, 속옷까지 들어 있었다.

동사무소에 가려면 고시원을 나와서 노래방과 피시방을 지난 뒤, 두 개의 편의점을 끼고 골목을 돌아 곱창집과 분식집까지 지나쳐야 했다. 모두 내가 아르바이트 자리를 구하려다 실패했던 곳이었다. 아르바이트를 직업처럼 삼는 이들이 많아지다 보니 나는 경쟁력이 없었다. 최저 시급이 오르자 가게 주인들은 있던 아르바이트생들도 자르고 가족들을 끌어들이기 시작했다. 그런 주인들 앞에서 아무리 나를 내세워도 소용없었다. 주인들은 내 마른 몸만 보고도 고개를 저었다. 말라도 체력은 좋다면서 그 자리에서 팔굽혀펴기까지 했지만 양 손바닥에 먼지만 잔뜩 묻을 뿐이었다.

인도의 반을 차지한 곱창집 테이블에서 곱창이 익어 가는 냄새를 맡고 나서야 소민이 생각났다. 동네에서 소민과 데이트한다면 방금 지나쳤던 코스대로 하고 싶었다. 순서는 거꾸로 가야 했다. 분식집에서 가볍게 떡볶이로 1차를 시작한 뒤, 곱창집에서 소주와 곱창으로 시금털털한 분위기를 만든 다음 긴장이 척척하게 풀어지면 편의점에서 아이스크림을 하나씩 물어 입안에 남아 있는 떡볶이와 곱창과 소주의 냄새를 급속 냉각한다. 소민이 곱창을 싫어한다면 삼겹살로 바꿀 수도 있다. 채식을 한다면 샐러드를 먹으러 가도 좋다. 그다음에는 피시방에서 게임을 가볍게 한 판 당긴다. 소민이 게임이나 담배 냄새를 싫어한다면 이 과정은 넘어갈 수도 있었다. 마지막으로 코인 노래방에 가는 것이다. 노래를 부르는 소민의 옆얼굴만 쳐다보느라 노래를 제대로 부를 일은 아마도 없겠지만.

소민은 햇살 무늬 고시원의 주인집 딸이었다. 청소부를 하면서까지 고시원에 남으려고 했던 이유 중 하나이기도 했다. 쌍꺼풀 없는 눈이 큰 편은 아니었지만 웃을 때 반달 모양으로 휘어지는 것이 귀여웠다. 약간 동그란 얼굴을 가리기 위해서인지 어깨까지 내려오는 머리를 언제나 늘어뜨리고 있었다. 머리를 하나로 묶으면 더 예쁠 것 같은데 한 번도 보지 못했다. 가끔 복도에서 마주치면 소민은 머리를 귀 뒤로 넘기면서 웃었다. 나는 그럴 때면 괜히 스트레칭이라도 하는 것처럼 몸을 움직여 관절이 꺾이는 소리를 냈다.

언젠가는 옥상에서 마주치는 바람에 평상에서 함께 해바라기를 한 적도 있었다. 그때 주고받은 대화는 날씨가 좋네요, 네, 몸을 알맞게 지지기 딱 좋은 날씨죠, 였다. 명절 때 전을 부치는 것도 아니고, 몸을 지진다는 표현이 너무 촌스러워 두고두고 후회했지만 그 정도로의 대화로도 일주일 동안은 소민의 생각만 하면서 잠들 수 있었다. 이제 그 웃음을 볼 일도 없을 것이다. 인사도 제대로 못 하고 나왔다. 벌써부터 소민이 보고 싶었다.

분식집을 지나치자마자 쓸데없이 또 허줄해졌다. 음식을 먹는 주기부터 늘여야 할 것 같았다. 요새 간헐적 단식이 유행한다고 하니 몸에는 좋을지도 몰랐다. 동사무소에 가면 공짜 물이라도 실컷 마시기로 했다. 바로 동사무소로 들어갔다. 점심시간이 지나서 그런지 직원들의 표정은 나른해 보이기도 하고 여유로워 보이기도 했다.

곧 작성해야 할 서류를 생각하니 입안이 텁텁해졌다. 모자나 마스크라도 쓰고 올 걸 그랬다. 민얼굴로 직원의 얼굴을 볼 용기가 나지 않았다. 입구에 있는 정수기로 가서 물을 연거푸 석 잔이나 마셨다. 차가운 물줄기가 빈 배 속을 찌르자 찌릿찌릿했다. 물을 마신 다음 첫 번째 자리에 있는 직원에게 갔다. 자리로 다가가자 왼편에 작은 사탕 바구니가 놓여 있는 게 보였다. 색색의 사탕들이 아무렇게나 누워 있었다.

“무엇을 도와드릴까요?”

직원이 물었다. 나는 정신없이 사탕을 움켜쥐어 주머니에 넣었다. 두 개는 이미 입속으로 들어간 뒤였다. 딸기 맛과 누룽지 맛이 섞여 침 맛이 약 같았다. 금방이라도 뱉고 싶었지만 당 보충을 위해 참기로 했다.

사탕들을 입에 문 채 우물거리며 말했다.

“……저, 그게…….”

“네, 말씀하세요.”

“미, 미…….”

“아, 네. 집 주소가 미로가 되셨단 말씀이시죠?”

“……네…….”

직원은 소임대로 친절하게 말했지만, 아무렇지도 않게 말한 미로라는 말에 혓바닥에 있는 사탕이 그대로 목구멍으로 넘어갈 것 같았다. 미로라는 말만 돋을새김되었다. 직원과 대화하는 내내 고개를 한 번도 들지 못했다.

직원은 능숙한 솜씨로 서류를 내밀었다. 한 장짜리로 된 서류를 보았다.

‘미로 등록신청서’

단 한 장의 종이만으로도 집 주소가 미로로 바뀌다니 서류란 놀라운 존재였다. 미로라는 단어를 활자로 보자 도망가고 싶었다. 그래도 신청해야 지원금을 받을 수 있었다. 주머니에 한 푼도 없었기 때문에 다른 선택지가 없었다. 믿을 건 이것뿐이었다.

옆에 있던 펜으로 빈칸을 하나씩 채워 나갔다.

이름 황지욱. 주민등록번호 990919-1XXXXXX. 전화번호 없음. 주소 미로. 계좌번호…….

……계좌번호?

그제야 지원금이 통장으로 입금된다는 사실을 깨달았다. 직원에게 지원 절차를 물어보았다.

직원은 내 질문이 끝나기도 전에 신청서가 접수된 뒤 심사를 거치고, 심사가 끝나면 지원금이 통장으로 일괄 지급된다고 대답했다. 이미 사람들에게 여러 번 말해 준 듯 그 긴말을 하는 동안 한 번도 더듬지 않았다. 녹음된 방송이라도 틀어 놓은 것 같았다.

맙소사. 그건 지원금이 들어오기 전까지 알아서 버텨야 한다는 소리였다.

뉴스에서는 집 주소가 미로가 된 청년들이 삼만 명이 넘자 지원금을 지급하는 방침을 발표했었다. 실질적인 이유는 시퍼런 젊은이들이 길거리를 헤매고 다니는 꼴을 못 봐주기 때문일 것이다. 돈 몇 푼 쥐여 준다고 없던 집이 갑자기 생기는 건 아니었다. 눈 가리고 아웅, 급한 불을 끄는 식이었다. 그래도 나에게는 생명수였다. 일단은 잔고가 없는 통장 번호를 적어 넣었다. 서류를 받은 직원이 내 얼굴을 자세히 쳐다보았다. 그 얼굴에 대고 말하고 싶었다. *이봐요, 내가 없는 건 단지 집 하나뿐인데 패배자를 보는 것처럼 그렇게 쳐다보지 맙시다. 내가 집어 간 사탕들이 아까운 게 아니라면 그 시선을 거두라구요.*

내 말을 듣기라도 한 것처럼 직원은 고개를 숙이고 일에 몰두하기 시작했다.

동사무소를 나오자마자 발걸음은 자연스럽게 고시원 근처에 있는 민기의 일터로 향했다. 당장 쓸 돈이 없으니 급한 돈부터 민기에게 일단 빌려야 했다. 사실 오늘 밤 잘 곳도 없었기 때문에 잠자리까지 해결하면 더욱 좋았다.

민기는 하나밖에 없는 외사촌이었다. 나이도 동갑이라 어렸을 때부터 친구처럼 지냈다. 민기는 나보다 먼저 집 주소가 미로가 되었다. 짐을 늦게 싸는 바람에 고시원을 구하지 못했기 때문이었다. 고향인 부산에서 짐을 싸면서 샌드백이 공부하는 데 방해되니 가져가지 말까, 스트레스를 풀 때 도움 될 수도 있으니 가져갈까 하는 고민을 하다가 정작 제일 필요한 집을 구할 시기를 놓쳐 버렸다. 놓친 건 시기가 아니라 기회일 수도 있었다. 서울은 이미 민기를 받아 줄 집이 있을 정도로 넉넉하지 않았다. 집 주소가 미로가 된 뒤 민기가 새롭게 찾은 집은 편의점 안에 있는 물류 창고였다. 출고가 확정된 물품들과 함께 자면서 자신이 언제쯤 세상에 출고될지 고민하기 좋은 장소였다. 민기는 그곳에서 먹고 자면서 최저 시급으로 하루에 여덟 시간씩 일했다. 이것도 스무 번 이상 면접을 본 끝에 겨우 구했다고 했다.

편의점에 도착했을 때 민기는 라면 가닥을 씹으면서 창고에서 튀어나왔다. 늦은 점심을 먹고 있던 모양이었다. 어서 오세요, 하는 발음도 라면과 함께 씹혔다.

민기는 나를 보자마자 실망한 표정을 지었다.

"연락도 없이 웬일이고? 손님인 줄 알았어. 얹힐 뻔했다."

민기는 일할 때 사투리와 표준어를 섞은 말을 구사했다. 로마에서는 로마법을 따르듯이, 서울에서는 서울법인 표준어를 쓰겠다고 무던히 노력했던 결과였다.

민기는 내 어깨를 두드리다가 등에 얹혀 있는 배낭을 보고 놀라서 외쳤다. 니 설마, 하고 입을 크게 벌리면서 말하다가 입에 있던 라면 부스러기들을 내 얼굴에 난사하기도 했다.

나는 얼굴 곳곳에 붙은 부스러기들을 손등으로 훔치면서

말했다.

"이제 더 이상 고시원에 못 있을 것 같아서."

"……그 햇살 고시원? 밥은 먹었나?"

민기는 말길을 돌렸다. 나도 시선을 피했다. 민기의 집 주소가 미로가 되었을 때 나는 민기의 연락을 받지 않았었다. 두 명이 자기에는 고시원이 좁았기 때문이기도 했고, 시험이 얼마 남지 않아 마음의 여유가 없기도 했다. 그해의 시험엔 낙방했다. 그 뒤에도 한동안 민기에게 연락하지 못했었다. 그 때가 생각나자 당장 편의점을 나가고 싶었다. 얼굴이 달아올랐다.

민기는 별말 하지 않고 참치마요네즈 맛의 삼각 김밥부터 집어서 주었다. 삼각 김밥 옆에 진열된 주스도 함께 건넸다. 탱글탱글한 알갱이가 터져 나올 것 같은 오렌지 사진이 박힌 순도 백 프로의 주스였다. 내 돈 주고 사 먹어 본 적 없는 주스였다. 주스를 살 돈이 있으면 소주를 한 병 사고 말지, 주스를 먹지는 않을 거였다.

민기가 내 생각을 눈치챈 듯 말했다.

"주스는 공짜다."

민기의 말대로 삼각 김밥의 껍질에 주스 사진이 박혀 있었다. 삼각 김밥을 사면 주스가 공짜라니, 주스가 먹고 싶어서 삼각 김밥을 살 수도 있을 것 같았다. 삼각 김밥을 보고 있는 동안 돈과 잘 곳을 부탁하러 온 게 아니라 네 얼굴을 보러 온 거라는 빈말은 사라져 버렸다.

민기는 내가 삼각 김밥과 주스를 허겁지겁 먹는 모습을 물끄러미 쳐다보다가 말했다.

“편의점에서 물건 사면 돈 버는 기분일 때도 있지 않나?”

“뭔 소리냐?”

“마, 이리 주스처럼 꼽사리로 주는 게 많으니 그런 거 아이가. 나도 끼워 팔기로 좋은 데 좀 갔으면 싶다.”

“꼽사리 인생이라, 만화 잡지에 끼워 주는 특별 부록 같네.”

특별 부록이 생각난 것은 여섯 살 위였던 지은 누나 때문이었다. 누나는 초등학교 때, 두 글자의 영어 단어로 된 순정 만화 잡지를 매달 샀었다. 표지에는 눈이 얼굴의 반을 차지하는 캐릭터들이 그려져 있었다. 머리 색과 옷차림이 달라도 표정만큼은 언제나 웃고 있었다. ‘입이 귀밑까지 걸려 있다’라는 표현을 그 그림들을 봤을 때 처음으로 실감했다. 만화 잡지의 종류도 자주 바뀌었다. 서너 종류는 본 것 같았다. 연재만화가 수록되었기 때문에 한 종류를 사야 내용이 이어질 것 같은데 이상했다. 누나에게 이유를 물어보니 대답은 간단했다. 특별 부록 때문에 사는 거야. 알고 보니 잡지마다 끼워 주는 특별 부록들을 비교해 보고 가장 마음에 드는 잡지를 산 거였다. 잡지에 수록된 만화들의 주인공들이 매달 수첩, 스티커,

부채, 편지지로 변신했다.

그때는 고작 그것 때문에 용돈의 반 이상을 투자하다니 이해할 수 없었다. 내 눈에 그것들은 종이에 화장해서 비싸게 파는 것처럼 보였다. 한마디로 돈이 아까웠다. 만화를 연재하기 위해 집이나 작업실에 틀어박혔던 만화가들에 대한 존중은 눈곱만큼도 없었던 철없는 생각이었다. 예술로도, 노동으로도 보지 않고 낭비로만 보았으니 한참 어렸다. 누나는 중학교에 들어가기 전까지 만화 잡지를, 아니 특별 부록을 부지런히 모았다. 누나가 사라지자마자 국적과 종을 불문한 캐릭터들은 상자에 담겨 폐휴지장에 버려졌다.

누나 생각이 난 것은 오랜만이었다. 남은 주스를 마저 들이켰을 때 민기가 물었다. 물으면서 전주비빔밥 맛의 삼각 김밥도 새로 건넸다. 사양하지 않고 두 번째 삼각 김밥을 받았다.

"오늘은 어디서 잘 거고?"

나는 대답하지 않고 삼각 김밥의 껍질을 벗겼다. 오늘따라 비닐이 깔끔하게 분리되지 않았다. 김의 반 이상이 찢어져 비닐에 붙어 버렸다. 최악이었다. 잘못 뜯은 삼각 김밥의 껍질은 절대 되돌릴 수 없다. 비닐에 붙은 김은 손으로 뜯어서 먹기도 그렇고, 안 먹자니 그렇고. 계륵 같은 존재였다.

문득 삼각 김밥의 껍질을 잘못 벗겼던 국회의원이 생각났다. 그 국회의원은 선거철에 하는 인터뷰 때 바쁠 때는 삼각 김밥으로 끼니를 때우곤 하죠, 하고 말하면서 고추장 불고기 맛의 삼각 김밥 비닐을 잘못 잡고 거침없이 찢어 버렸다. 화면은 곧바로 국회의원이 시장에서 상인들과 악수하는 장면으로 넘어가 버렸지만, 잘린 화면에서는 밥알과 고추장 불고기가 섞인 파편들이 바닥에 흩뿌려져 있을 것이다. 좁은 편의점에 들어찬 카메라가 물건을 건드릴까 봐 조마조마해하던 아르바이트생이 파편들을 쓸어 담으면서 불평을 늘어놓을지도 몰랐다.

실제와 거리가 먼 흉내는 피에로에게나 어울렸다. 피에로가 아닌 사람이 그랬다면, 피에로가 관객들을 울렸다는 말보다도 슬플 것 같았다. 그러니까, 나도 잠깐 집 없는 사람의 흉내를 내고 있는 거다. 오래가진 않을 것이다. 그동안만 슬퍼하기로 했다. 오늘은 어쩔 수 없이 민기에게 신세를 져야 했다. 편의점 매니저의 허락은 받지 못했다. 편의점에 몇 번 놀러 왔지만 매니저를 본 적은 한 번도 없었다. 매니저는 편의점을 민기에게 통째로 빌려준 것 같았다.

주류와 음료가 진열된 냉장고 사이를 뚫고 물류 창고에 들어갔다. 식탁이 되기도 하는 간이침대 아래에 침낭을 펼쳤다. 민기는 밤새 편의점을 지키고 있어야 했다. 어차피 물류 창고 안에서는 두 명이 잘 수 없을 테니 차라리 다행이었다. 침낭에 들어가자 잠보다 걱정이 먼저 밀려왔다. 내일은 또 어디서 자야 하나. 다음 날의 끼니와 잠자리를 한꺼번에 걱정하는 처지가 되었다. 몸을 아래로 내려 침낭이 얼굴을 덮게 했다. 이대로 영영 잠들어 버리면 어떨지 궁금했다. 날이 밝은 뒤 나를 깨우다 지친 민기가 침낭을 젖혔을 때, 입을 벌린 채 미라처럼 굳어 있을 내 모습이 떠올랐다. 마지막 모습을 그런 식으로 들킨다는 게 유쾌하지는 않았다. 나는 어느새 얼굴을 내밀고 답답한 공기나마 한껏 들이마시고 있었다.

민기는 내가 완전히 잠들기 전에 창고로 들어왔다. 내가 잠들지 않았다는 것을 알았는지 곧장 말을 걸었다.

"내일부터 여기서 일 안 할 거다."

내가 편의점에서 하루라도 더 자고 갈까 봐 선수 치는 것 같았다. 나는 입을 약간 내민 채 물었다.

"일 그만두는 거냐?"

"뭐, 비슷하다. 매니저가 내가 여서 자는 걸 싫어한다. 품위 유지에 방해가 된다네. 더러버서 원, 편의점에 품위는 무신 놈의 품위. 지가 레스토랑 매니저라도 되는 줄 아나 본데. 그래서 나도 매니저 한번 돼 보기로 했다."

"……어떤 매니저?"

"주택 매니저라고 들어 봤나?"

연예인 매니저부터 시작해서 펀드 매니저나 커플 매니저,

한복 숍 매니저, 학습 매니저, 스포츠 매니저까지 얼핏 생각나는 매니저들은 많았다. 뒤에 매니저라는 말을 붙이면 뭐든 근사해 보였다. 하지만 주택 매니저라니, 부동산이나 복덕방일까 싶었지만 민기가 갑자기 그런 일을 한다는 게 이상했다. 아니면 공인 중개사 시험이라도 보려는 건가?

"그게 뭔데?"

"말 그대로 주택 관리하는 거다. 주택 관리사라고도 하고. 시설물 점검도 하고, 안전 관리도 하고. 주택의 모든 것을 책임지는 매니저! 폼 나지 않나?"

대저택의 집사라도 된 것 같은 말투였다. 그 말을 하면서 민기는 어둠 속에서 능숙하게 물품 상자를 찾았다. 그 상자를 어깨에 너끈히 짊어지고 나갔다. 민기가 문을 열고 나갈 때 문틈으로 들어온 빛을 통해 상자에 있는 글씨를 읽었다.

소라집 쿠키

먹어 본 적 있는 과자였다. 소라 모양의 버터 쿠키 속에 초콜릿이 있었다. 과자 봉지 안에는 손가락 두 마디만 한 포크도 같이 들어 있었다. 그 포크로 소라의 살을 발라 먹듯이 초콜릿만 찍어서 따로 빼먹을 수 있었다. 겉에 있는 버터 쿠키보다 속에 있는 초콜릿이 훨씬 맛있어서 핫도그를 먹을 때 소시지를 먹기 위해 빵 부분을 빨리 먹는 사람이나, 샌드 과자를 먹을 때 반을 갈라서 크림을 먼저 먹고 과자를 나중에 먹는 사람을 위해 만들어진 것 같았다. 나도 그런 사람 중 하나라 소라집 쿠키를 좋아했다. 초콜릿을 소라 모양대로 꺼내는데 열중하기 위해서는 과자를 먹는 일에 순수하게 몰두해야 했다. 버터로 만든 소라집은 두껍고 푹신했었다.

오른손을 뻗어 침낭의 천을 꼬집듯이 집어 보았다. 손에 잡히는 감촉이 비닐우산처럼 얇았다. 한낱 초콜릿마저 나보다 튼튼하고 따뜻한 집을 갖고 있었다. 적어도 저 초콜릿들은 주소란에 창고 주소라도 써넣을 수 있을 것이다. 넓고 넓은 세상에서, 매일같이 허물어지는 집만큼 새로운 집들이 세워지는 나라에서 미로의 집을 가지게 되다니. 허탈했다. 집이 무너지는 길은 너무나 똑바르고 분명한데 집이 생기는 길들은 보이지 않았다. 길을 잃었다는 것조차 모르게 미아가 된 꼴이었다.

부어족과 로마족

잠이 오지 않았다. 나는 잠자리를 가리는 편이었다. 특히 쓰던 베개가 없으면 잠을 설쳤다. 초등학교 때까지는 여행 갈 때마다 집에 있는 베개를 들고 갔다. 침낭보다 먼저 지고 다녔던 게 베개였던 셈이다. 베개에 대한 집착은 평소에는 자각하지 못한다는 점에서 집 밖에서 더욱 강력한 힘을 발휘했다. 다른 베개를 베고 자거나, 최악의 상황에서 두루마리 휴지나 둘둘 만 겉옷을 머리맡에 둔 날이면 뜬눈으로 밤을 새웠다. 베개를 그리워한다면 우습지만, 그리워하면서 잠 못 들 바에는 무겁더라도 그리움의 대상을 내 몸에 달고 다니는 게 나았다.

베개를 등에 지고 다니는 일은 어른이 된 뒤에도, 중년이나 할아버지가 된 뒤에도 이어질 것 같았지만 생각보다 싱겁게 끝났다. 중학교에 들어간 뒤 처음 갔던 수학여행 때문이었다. 밤에 불을 끄고 했던 베개 싸움이 결정적이었다. 유스호스텔에 있는 베개는 내가 배낭에 넣고 간 것보다 두 배는 크고 길었다. 색깔은 같은 흰색이었지만 유스호스텔 베개가 훨씬 딱딱했다.

베개 싸움이 시작되는 신호로 방의 불이 꺼지자마자 나는 들고 있던 유스호스텔 베개를 버렸다. 베개 싸움을 시작하기 전에 내 베개를 배낭 밖으로 꺼내 두었기 때문이었다. 다른 사람이 내 베개를 들고 있는 것은 참을 수 없었다. 나는 짐을 놓아둔 구석 쪽으로 뛰어가 내 베개를 집어 들었다. 마음이 편해졌다. 남들보다 배는 작고 무른 무기를 지닌 셈이었지만 몸에 맞는 무기가 있어야 승률이 높을 것 같았다.

그 평화는 오래가지 않았다.

"억!"

숙인 허리를 들자마자 넓적한 베개로 얼굴을 얻어맞았다. 얼굴이 불에 덴 것처럼 얼얼했다. 베개가 아니라 나무토막으로 맞은 것 같았다.

베개 타격은 한 대로 끝나지 않았다. 내가 도둑이라도 되는 것처럼 힘을 잔뜩 실은 가격이 이어졌다. 때리는 부위도 머리부터 발끝까지 다양했다. 한두 번 해 본 솜씨가 아니었다. 고수 중의 고수였다. 내 베개는 고작 중요 부위만을 가려 줄 뿐이었다. 잔뜩 웅크리고 쪼그라든 채 감히 위를 쳐다볼 생각도 하지 못했다.

"그만! 그만!"

나는 최대한 절박한 목소리로 외쳤다. 누군지 알면 이름이라도 부르고 싶었지만 베개에 실린 힘만으로는 누가 구타하고 있는지 알 수 없었다. 고요 속의 외침은 무의미했다. 내가 공격은 고사하고 방어조차 하지 못한다는 것을 알게 된 상대방은 나를 집중적으로 공격했다. 대상을 알 수 없는 적의가 가차 없다는 것을 그때 처음 알았다.

지옥 같던 오 분이 지나고 방의 불이 다시 켜졌을 때는 방에 있던 모두가 나와 내 베개를 쳐다보고 있었다. 나는 나를 때렸던 사람이 부반장, 심지어 여자였다는 것을 알고는 베개와 함께 사라지고 싶었다. 부반장이 미안한 표정을 지으며 나에게 다가와 말했다.

"미, 미안해……. 요새 성적 때문에 스트레스가 쌓여서 나도 모르게 세게 때린 것 같아……. 베개니까 많이 다, 다치지는 않았지?"

최소한의 자존심을 지키기 위해 그렇다고 바로 말하고 싶었지만, 메어 오는 목은 어쩔 수 없었다. 호기로움을 보여 줄 마지막 기회도 사라져 버렸다. 이미 나는 내 베개만큼 작아진 뒤였다. 차라리 유스호스텔 베개를 들고 있었다면 내 베개가 아니니 무기 탓이라도 하련만, 집에서 쓰던 베개까지 들고 있으니 엄마 품에서 떨어지기 싫은 유치원생이라도 된 듯한 기분이 들었었다.

베개 대신 침낭을 등에 진 지금, 나는 그때보다도 더 작아졌다. 집 주소가 미로가 되었다는 것은 얇은 종잇장이 된 자존심을 구기다 못해 박박 찢어서 다른 사람이 보지 못하도록 내 발밑에 깔아 놓는다는 것을 뜻했다. 이번에는 어렸을 때와 달리 밝은 곳에서 큰 베개로 끊임없이 온몸을 얻어맞고 있는 것 같았다. 누가 나를 때리고 있는지는 끝끝내 알지 못한 채. 미해결된 범죄 사건의 전말을 보면서 수수께끼만 뿌려 놓고 해결되지 않아 답답한 가슴을 치듯, 나의 수수께끼투성이 인생에서 해결책은 깜깜했다.

집이 침낭이 되어 버린 건 나만의 일은 아니었다. 매일의 노동으로 어깨가 굳은 사람들이 보이지 않는 스크래치를 만들며 서로를 스쳐 지나갈 때, 집을 잃고 미아가 된 이들은 서울을 헤매고 다녔다. 일세 팔천 원의 고시원보다 싼 사천 원짜리 만화방과 다방에도 사람들이 벅찰 정도로 들어서고 있었다. 신종 여관이 된 만화방과 다방이 방이라는 이름만 남은 지도 오래였다. 나는 집의 레벨이 빠르게 낮아져 그 여관조차 건너뛰고 바로 집 주소가 미로가 된 셈이었다.

이 년 전, 서울에 처음 왔을 때만 해도 보증금 백만 원에 월 사십만 원 하는 원룸에서 살았다. 가진 돈으로는 반지하나 옥탑방에 가야 했지만 서울 생활의 시작을 든든하게 하고 싶은 마음에 욕심을 부렸다. 그 대가로 일 년 만에 보증금까지 까먹고 나와야 했다. 내가 문을 열고 나오기를 기다렸던 것처럼 한 대학교 신입생이 원룸을 차지했다.

생각해 보면 고시원에서 살 때만 해도 호시절이었다. 중국에도 고시원과 비슷한 집이 있다고 들었다. '워쥐(蝸居)'라는 달팽이 집. 캡슐 집이라고도 불렸다. 병이 났을 때 판박이처럼 찍어 낸 캡슐 약을 끼니때마다 먹듯이 달팽이족, 워훈주(蝸婚族)들은 캡슐에 먹히면서 캡슐의 삶이 하루라도 단축되기를 바랄 것 같았다. 하지만 책상과 이불만 놓여 있는 캡슐 집의 문을 여닫는 동안 그곳을 나갈 수 있다는 희망도 닳고 무뎌질 것이다.

한국에 있는 고시원은 '계란판 집'이라고 부르면 좋을 것 같았다. 계란 크기에 맞춘 구멍들이 일정하게 늘어서 있는 계란판처럼 몸에 꽉 끼는 방들이 붙어 있으니 말이다. 몸을 부리고 나면 남는 공간이 하나도 없어서 집을 입고 산다고 해야 할 것 같았다. 나는 그 계란판에 억지로 몸을 구겨 넣었다가 깨진 거나 다름없었다. 깨진 계란은 계란판에서 나온다고 해도 쓸모도 없고, 갈 곳도 없었다.

새벽녘에야 겨우 든 잠 때문에 일어날 시간을 놓쳤다. 급하게 침낭을 정리하는 내 모습을 유니폼을 갈아입으러 창고에 들어온 아르바이트생이 한참 쳐다보았다. 민기의 후임으로 온 사람이었다. 그 아르바이트생은 새로 시작하는 직원의 표정이 아니라 세상을 다 산 사람 같은 심드렁한 표정을 짓고 있었다.

주택 매니저를 하기 위해 창고에 있던 짐을 전부 싸 들고 나온 민기도 나와 함께 편의점을 나왔다. 둘 다 배낭을 메고 있으니 사이좋게 등산이라도 가는 것 같았다. 평일 아침부터 배낭을 메고 다니는 이십 대들을 보면 다들 어떤 생각을 할지 궁금했다.

편의점을 나오자마자 민기에게 돈 좀 빌려 달라고 모기만 한 소리로 말했다. 민기는 잠시 입을 벌리고 있다가 지갑을 열었다. 오만 원짜리 지폐 두 장이 내 손으로 천천히 넘어왔다. 갚겠다는 말 역시 느리게 나왔다. 헤어지는 인사말은 따로 필요 없었다. 민기는 나에게 손을 들어 인사한 뒤 큰길 쪽으로 방향을 틀었다. 나도 반대편으로 향했다. 혹시 민기가 나를 보낸 뒤에 다시 편의점으로 돌아오지 않을까 해서 민기가 간 쪽을 한참 쳐다보았다. 민기는 돌아오지 않았다. 주택 매니저가 되기는 된 모양이었다.

그런데 몸을 돌리려는 순간 내 이름을 부르는 민기의 목소리가 들렸다. 그럼 그렇지. 민기는 내 기대를 배신하지 않았다. 고개를 돌리자 민기가 내 어깨를 툭 치며 말했다.

"혹시, 그거 들어 봤나?"

밑도 끝도 없이 내뱉는 말에 어떤 걸 말하는지 물었다. 민기가 말을 이었다.

"부어족 순례."

처음 듣는 말이었다. 부어족이라니, 무슨 인디언 부족 같았다. 뉴스에서 유행처럼 말하는 딩크족이니, 여피족이니 하는 말들은 어감도 세련되고 뜻도 좋아 보이는데 부어족이라는 말은 촌스러웠다. 사회 부적응자들을 가마솥에 한데 부어서 삶아 버린 것 같은 느낌이 드는 말이었다.

내용을 자세히 말해 달라고 했다. 민기가 침을 한 번 삼킨 뒤 말했다.

"국토 순례랑 비슷한데, 우리 같은 사람들을 도와주는 모임이라데. 돌아댕기면서 집을 구한다든데. 매달 있다고 하니 한번 가 봐라. 말일에 출발하니 시기가 딱 맞네. 니한테도 도움이 될 거다."

"넌 그걸 어떻게 그리 잘 아냐?"

"해 봤으니 알제. 얼마 전에 뉴스에도 나왔다. 니는 요새 티비 안 보제?"

텔레비전이 없고, 스마트폰도 쓰지 않는 내 생활을 지적할 필요까지는 없었지만 민기의 말에 귀가 솔깃했다. 민기는 날짜와 시간까지 구체적으로 알려 주었다. 내일 밤 아홉 시까지 서울역으로 가면 되었다. 아침부터 내리 걷는 국토 대장정은 많이 들어 봤어도 밤에 출발하는 순례는 처음이었다. 가야 할지 말지 망설였다. 순례하면서 집 주소가 미로가 되었다는 것을 전국 방방곡곡에 광고하고 싶지는 않았다. 민기에게는 생각해 보겠다는 말만 남겼다.

민기와 헤어진 뒤 지하철역으로 향했다. 갈 곳이 있는 것처럼 탔지만 목적지는 없었다. 무작정 이호선 외선순환을 탔다. 노약자석을 피해 구석에 있는 자리 하나를 잡았다. 아직 출근 시간이 되지 않아 자리가 있었다. 출퇴근 시간에는 직장인들이 많아 같은 자리에 계속 앉아 있는 게 눈치 보일 수도 있겠지만 뻔뻔스럽게 있을 생각이었다.

다른 직장인들처럼 서류 가방이나 백팩을 메고 있는 게 아니라 등산 배낭을 메고 있으니 취직하지 않았는데도 퇴직한 기분이 들었다. 목이 마르면 배낭에서 민기가 준 생수를 꺼내 조금씩 마셨고, 배가 고프면 주머니에서 민기가 준 에너지바를 꺼내 빠르게 씹어 먹었다.

퇴근 시간에는 사람들이 몰려들어서 앉아 있어도 서 있는 것처럼 피곤했다. 내 앞에 선 사람들은 금방이라도 앞으로 고꾸라질 것 같았다. 가만히 서 있는 것이 아니라 앞뒤로 조금씩 흔들렸다. 그들의 입에서 나온 검은 한숨이 내 머리 위에 더께처럼 얹혔다. 평일에 매일 지옥철을 타야 하는 사람들의 그늘이었다. 그 그늘에 전염되어 앉아서 하루 종일 졸았는데도 피곤해졌다.

열 시가 넘어 사람들이 한 차례 더 몰려들었다. 하루가 지나기 전에 잠자리로 돌아가기 위해 나른한 피로를 이기고 있는 사람들이었다. 희미한 술 냄새가 퍼졌다. 마지막으로 술을 마셔 본 지가 언젠지 기억나지 않았다. 도둑 술을 마시기라도 하듯 코로 숨을 깊이 들이마셨다.

막차가 끊긴 뒤에는 지하철역 안에서 침낭을 펴고 한뎃잠을 잤다. 의자는 이미 만원이었다. 싸구려 침낭이라 그런지 바닥에서 올라오는 냉기를 다 가려 주지 못했다. 신문지라도 한 장 있었으면 싶었다. 편의점에서 민기에게 신문을 얻어 오지 못한 게 후회되었다.

잘 때는 분명히 일자로 누워서 잤는데 깨고 나니 새우잠을 자는 자세로 바뀌어 있었다. 입구를 통해 흘러들어 오는 새벽 공기는 차가웠다. 웅크리고 잤더니 목과 무릎이 뻐근했다. 하루 만에 잔뜩 늙어 버린 것 같았다. 목도 탔다. 남은 생수를 한입에 들이붓고 지하철역 안에 있는 아리수를 생수통에 담았다. 편의점에서 크림빵 하나를 사서 입에 물었다. 출근 시간이라 역 안에 사람들이 다시 많아졌다.

갈 곳이 있는 사람들과 섞이기 싫어 역을 빠져나왔다. 역을 나온 뒤에는 골목만 골라서 돌아다녔다. 발길 닿는 대로 걸었다. 좁은 골목을 돌아가니 눈앞에 육 층짜리 찜질방이 보였다. 입간판에 적혀 있는 가격을 보았다. 야간보다 싼 주간 가격도 그 돈으로 삼각 김밥을 몇 개 사 먹을 수 있는지 즉각 환산되었다. 아까웠지만 과감하게 입구로 들어섰다. 근육통을 독하게 다스려 볼 참이었다.

불가마에서 통구이가 될 정도로 찜질을 했다. 얼음을 동동 띄운 식혜 한 잔이 꼭 먹고 싶었지만 참았다. 지원금이 들어올 때까지 돈을 최대한 아껴야 했다. 정수기에서 물만 연거푸 떠 마셨다. 물 먹는 코끼리가 된 것 같았다. 땀을 식히기 위해 찜질방 중앙에 있는 로비에 누웠다. 땀을 닦던 수건으로 얼굴을 가렸다. 로비에 틀어 놓은 텔레비전에서는 뉴스가 흘러나오고 있었다. 텔레비전 소리를 듣는 것조차 오랜만이었다.

"다음 소식입니다. 정부는 최근 증가하고 있는 청년 부어족들에 대한 지원을 강화하겠다는 방침을 밝혔습니다. 이는 국제기구와의 협력으로 이루어지는 부어족 순례를 긍정적으로 검토한 결과로서……."

나도 모르게 얼굴에 덮었던 수건을 잡아챈 뒤 텔레비전 화면을 응시했다. 화면에서는 동사무소에서 '집 주소가 미로가 되었다'라고 신고하는 사람들의 모습이 나오고 있었다. 내 모습이 자료 화면으로 나오지 않아 다행이었다. 순례한다는 내레이션과 달리 화면에서는 부어족들이 순례하는 장면 같은 건 나오지 않았다. 그래서 더 궁금해졌다. 어차피 갈 데도 없었다. 민기도 추천해 주었으니 한 번쯤 해 봐도 괜찮을 것 같았다.

목욕재계하는 마음으로 다시 불가마에 들어갔다. 아까와는 마음이 달랐다. 성지 순례까지는 아니지만 부어족 순례 준비를 하고 싶었다. 온몸이 금세 땀에 젖었다. 순례하면서 이만큼의 땀을 흘리면 집을 구할 수 있을까. 일단 떠나 봐야 할 것 같았다. 뭐라도 해 봐야 가능성이라도 생길 것이다.

서울역으로 갈 시간만큼만 남겨 두고 최대한 오래 찜질방에 머물렀다. 속을 든든하게 채우고 출발하기 위해 계란을 푼 라면 한 그릇도 특별히 허락했다. 라면과 함께 나온 단무지조차 달았다.

그 뒤로도 한참의 시간이 지나 찜질방에서 나왔을 때, 불가마와 온탕에서 익히고 때를 마구잡이로 문질렀던 내 몸은 갓 태어난 아이처럼 붉은빛을 띠고 있었다.

서울역 광장에는 나처럼 배낭을 멘 사람들이 많았다. 스무 명 정도 되는 것 같았다. 몇몇 사람들은 깃발을 들고 있기도 했다. 제일 큰 깃발에는 집 모양이 그려져 있었다. 아이들에게 집을 그리라고 하면 흔히 그릴 것 같은 모양이었다. 집 그림 위에는 '부어스'라는 말이 한글로 적혀 있었다. 호프집 이름이라도 적어 놓은 것 같았다.

사람들은 하나같이 똑같아 보였다. 한마디로 조직적이었다. 같은 것을 원하는 사람이 많아지면 조직이 생기는 법이었다. 무리 쪽으로 다가갔다. 나도 모르게 땅바닥에 발을 질질 끌면서 걷고 있었다. 걷는 속도도 느렸다. 무리 쪽으로 다가가서도 목소리가 쉽게 나오지 않았다.

내 옆에 있던 사람이 나를 보자마자 목에 거는 명찰을 건네주었다. 몰래 한숨을 쉬었다. 명찰을 보니 나는 1조에 배당되어 있었다. 이름을 쓰는 칸은 비어 있었다. 배낭에서 펜을 꺼내 이름을 썼다.

명찰을 목에 걸고 나니 주위에 있는 사람들이 조금 친근하게 느껴졌다. 나에게 명찰을 건넸던 사람이 회비를 달라고 했다. 생각보다 큰돈이었다. 민기에게 빌린 돈 중에서 남은 돈을 거의 다 털어서 주었다. 원래도 습자지처럼 얄팍했던 지갑이 회비가 빠져나가자 텅 비었다. 달랑 동전 몇 개만 남았다. 껌 한 통도 사 먹을 수 없는 돈이었다. 회비를 내자 손에 잡히는 작은 깃발과 수첩이 배부되었다. 깃발에도 집 그림이 그려져 있고, '부어스'라는 말도 작게 쓰여 있었다.

깃발을 손에 쥐자 기분이 좋아졌다. 뭔가 제대로 시작한다는 느낌이었다. 지갑이 얇아졌다는 것쯤은 금방 잊혔다. 깃발을 배낭 앞주머니에 넣어 두었다. 수첩은 일기장으로 사용하는 것이라고 했다. 일기를 쓸 것 같지는 않았지만 수첩도 깃발과 함께 잘 넣었다.

주머니의 지퍼를 잠그자마자 앞쪽에서 굵직한 소리가 들렸다. 고개를 빼 앞을 보았다. 흰색 궁서체로 '대장'이라고 새겨진 검은 캡 모자를 쓴 사람이 소리를 지르고 있었다. 밤인데도 선글라스를 낀 채였다. 턱에는 수염이 나 있었다. 대장이라기보다는 시골 마을의 이장 느낌을 주는 그는 검은 장갑을 낀 주먹을 마이크처럼 입에 갖다 대고 우렁차게 외쳤다.

"우리는 이 년째 모임을 이어 가고 있습니다. 우리의 세상에는 성지가 없습니다. 그러나 우리의 소박한 순례는 절박한 목표를 갖고 있습니다. 살아야 할 집을 찾는 것이죠! 당연한 권리입니다. 절박한 생존권입니다. 등에 멘 집이 아니라, 등을 붙일 수 있는 집을 찾으러 갑시다! 순례의 목표가 뭐죠?"

그러자 모여 있던 사람들이 입을 모아 소리쳤다.

"아무도 돌아오지 않는 겁니다!"

나는 입만 벙긋거렸다. 인터넷에서 검색 한 번 해 보지 않고 민기의 말만 듣고 왔으니 구호를 모르는 게 당연했다. 손쉽게 검색해 볼 스마트폰도 없었다.

아무도 돌아오지 않는 순례. 모두가 집을 찾아서 서울역 광장에 아무도 다시 돌아오지 않아야 성공이었다. 대장은 예외였다. 그가 돌아와야 다음번 순례를 할 수 있기 때문이었다. 대장만 서울역에 마지막으로 낙오되는 순간 부어족 순례가 성공적으로 끝나는 셈이었다.

대장은 이어서 규칙을 설명했다.

"맞습니다. 아무도 돌아오지 않고 모두가 낙오하는 것이 순례의 목표입니다. 하지만 우리의 이익만을 위해 순례를 하는 것은 아닙니다. 우리처럼, 아니 우리보다 더 열악한 상황에 있는 로마족의 주거권을 위한 서명 운동도 함께 할 겁니다."

"……."

"로마족이라는 이름도 순례자라는 뜻이지요. 이들은 천 년이 넘는 오랜 세월 동안 유럽을 떠돌아다녔고 지금도 고통받고 있습니다. 포스터를 보셨으면 아시겠지만, 루마니아의 로마족은 강제 퇴거를 당해 쓰레기장 옆에서 집 같지 않은 집을 지으며 살고 있습니다. 다른 로마족들은 심지어 수용소에 끌려가기도 하지요. 우리는 이들을 돕기 위해 경기도를 돌면서 보이는 마을마다 들어가 마을 회관이나 동사무소, 시청에서 서명을 받아 국제기구에 전달할 것입니다."

루마니아라는 나라 이름은 익숙했지만 로마족이라는 이름은 낯설었다. 로마는 이탈리아의 수도 이름이라는 사실을 떠올리는 것이 내 지식의 한계였다. 서명, 국제기구 등의 단어들이 나한테 속할 수 있다는 게 신기했다. 집을 찾기 위한 순례를 하는 게 아니라 해외 봉사라도 나가는 것 같았다.

"저게 다 보기 좋은 허울이지."

그때, 옆에서 날카로운 목소리가 들려왔다. 톱이 나무를 켜는 소리처럼 높고, 튀는 목소리였다. 옆쪽으로 고개를 돌렸다. 가무잡잡한 얼굴에 은색으로 염색한 더벅머리를 한 청년이 눈썹을 찌푸리고 있었다. 만화에 나오는 캐릭터처럼 비현실적인 외모였다. 미간에 있는 주름이 깊어 보였다. 콧잔등도 함께 찡그려서 위로 벌어진 콧구멍이 위협적으로 보였다. 나이가 보기보다 많아 보일 수도 있고, 적어 보일 수도 있는 묘한 인상이었다.

그는 팔짱을 낀 채 고개를 몇 번이나 절레절레 흔들었다. 나는 참지 못하고 물었다.

"무슨 뜻입니까?"

"저렇게 해야 마을 회관에서라도 잘 수 있으니까, 눈 가리고 아웅 식으로 하는 거지."

"그래도 서명받는 건 사실이잖아요?"

"서명받을 때마다 부어족들이 퇴거당한 로마족만큼 빠져나갈걸. 저런 사람이 대장이고, 하필 같은 조라니. 괜히 왔나 싶네."

"……."

"아침부터 기다렸어. 시간도 제대로 안 써 놓는 행사가 세상에 어디 있나."

"시간요? 밤 아홉 시까지로 알고 있었는데……."

"말도 안 돼. 아무리 두 눈 크게 뜨고 찾아봐도 포스터에 시간은 없었어. 문의할 전화번호도 없고. 뭔가 허술해 보이긴 했는데 심심해서 한번 와 봤지. 혹시나 했는데 역시나."

"……."

"그러고 보니 같은 조네. 나도 1조다. 이름은 여기."

그의 명찰을 보니 김두윤이라는 이름이 적혀 있었다. 그야말로 제일 먼저 순례에서 빠져나갈 것처럼 보였다. 초면부터 아무런 합의 없이 반말부터 하는 것도 위압적이었다. 선불리 친해지기는 힘들 것 같았다.

같은 조에 있는 다른 사람을 찾아보았다. 5조까지 있었으니 한 조에는 네 명 정도가 있을 터였다. 두윤의 말에 의하면 대장도 같은 조라고 했으니 한 명만 더 찾으면 될 것 같았다.

나와 대장과 두윤을 제외한 나머지 한 명의 조원은 여자였다. 두윤의 옆에 단발머리를 한 여자가 고개를 약간 숙인 채 서 있었다. 같은 조끼리 사이좋게 모여 있었던 셈이었다. 명찰에 적힌 이름을 보았다. 정혜연. 같은 조 사람들에게 인사도 먼저 못 할 정도로 얌전해 보였다. 나도 아직은 머쓱해서 말을 먼저 걸지 않았다. 이상하게, 생김새가 다른데도 혜연에게서 소민의 얼굴이 보였다. 그래서인지 혜연의 눈을 오래 쳐다볼 수 없었다. 사람의 분위기라는 것이 외모보다 더 강렬할 때가 있는 것 같았다. 나도 혜연처럼 고개를 약간 숙였다.

두 명씩 줄을 서도록 인원을 재정비해서 두윤과 혜연이 내 뒤에 섰다. 나는 맨 앞에 서는 바람에 가장 큰 깃발을 들게 되었다. 생각보다 무거웠다. 왜 삐쩍 마른 애한테 제일 힘든 걸 시키느냐고 두윤이 뒤에서 툴툴거렸지만 깃발을 대신 들어주겠다는 말은 절대로 하지 않았다.

출발하기 전의 마지막 순서로, 순례에 대해 질문하라는 대장의 말에 여기저기서 질문들이 쏟아져 나왔다.

- 회비는 어디에 사용되죠?

- 주로 식비에 사용될 예정입니다.

- 밥은 뭘 먹죠? 요리해야 하나요?

- 우리가 시골이 아닌 도시를 순례한다는 것에 중점을 둬야 합니다. 요지는, 가는 데마다 편의점이 있다는 뜻이죠. 거기서 끼니를 해결할 겁니다.

- 지도 같은 건 없나요? 어디를 거쳐서 가는지 궁금해요.

- 정해진 목적지는 없습니다. 우리의 목표는 낙오자가 안 생

기는 게 아니라, 생기는 거니까요. 발길 닿는 대로 갈 겁니다.

- 걷다가 더위 먹거나 다치는 사람이 생기면 어쩌죠?

- 그게 바로 우리가 밤에 순례하는 이유입니다. 밤에 걸으니 더위를 먹을 염려가 없지요. 요즈음 국토 순례에서 일사병이나 열사병 환자가 자주 생기는데, 일사병도 위험하지만 열사병은 더 위험한 거 알고 계십니까? 심하면 의식까지 잃기도 하니……. 하지만 우리는 그런 염려를 할 필요가 아예 없다는 거죠.

- …….

- 자, 이제 더 이상 질문이 없는 것 같군요. 완전히 어두워졌습니다. 출발할 때가 됐군요. 걷는 동안 휴대폰은 꺼 놓읍시다. 자, 갑시다!

대장이 내 옆에 서자마자 순례가 시작되었다. 대장과 어색하게 눈인사를 나누었다. 가까이서 보니 나이가 더 들어 보였다. 면도하지 않은 턱수염이 무성한 숲을 이루고 있었다. 오랫동안 닦지 않은 것 같은 선글라스에는 때 같은 얼룩이 남았다. 순례의 역사를 보여 주고 있는 것 같았다.

비슷한 배낭을 멘 스무 명의 부어족이 동시에 출발했다. 누가 시키지 않아도 모두가 팔을 위아래로 흔들며 외쳤다. 고! 고! 그 모습들은 서울역 광장에서 시위하고 있는 이들과 겹쳐 보였다. 어디로, 어떻게 가야 하는지는 모르지만 일단 가고 있다는 사실만으로도 위로가 되었다. 혼자 가는 것이 아니라는 사실은 더 좋았다. 도시의 불빛으로 가릴 수 없는 부끄러움은 나와 비슷한 사람들 사이에 섞여 있다는 안도감에 묻혀 사라졌다. 출발이라는 것이 실감 나지 않았다. 술을 마신 것처럼 머리가 어지러웠다. 눈앞이 아찔해졌다. 벌써부터 깃발을 든 팔이 뻐근해지는 것 같았다.

나는 이렇게 내가 아는 사람들에게서 서서히 멀어지고 있었다. 나를 아는 사람들이라고 해 봤자 다섯 손가락 안에 꼽혔지만. 길 위에 있는 동안 아무도 나를 찾지 못할 것이다. 아무리 애를 써도 길들이지 못한 서울을 떠난다는 것만은 후련했다.

그런데 가는 방향이 이상했다. 서울역을 벗어나는 것이 아니라 거꾸로 서울역 안으로 들어가고 있었다. 정확히는 지하철역 안이었다. 모두의 발걸음은 자연스러웠다. 나 혼자서만 당황스러워하는 것 같았다.

옆에 있던 대장에게 물었다.

"왜, 왜 걸어가지 않고 지하철을 타는 거죠? 걸어서 하는 순례 아닙니까?"

"일단 여기를 벗어나야지. 아까 '경기도를 돌면서'라고 하지 않았나? 그러니 경기도에서 시작해야지. 여기서부터 걸어가면 서울을 벗어나기도 전에 금방 지쳐. 우리는 서울에서 집을 찾는 게 목표가 아니니. 안양까지는 지하철을 타고 갈 거야."

대장은 어느새 말을 놓고 있었다. 모두 고개를 끄덕였다. 한시라도 빨리 이곳을 떠나고 싶어 하는 눈치였다. 서울을 벗어나기만 하면 바로 미로의 집을 벗어 버릴 수 있다는 것처럼 단호한 몸짓이었다.

손에 들고 있는 깃발과 내 목에 걸려 있는 명찰을 번갈아 보았다. 깃발을 쥔 손을 더욱 오므렸다. 힘을 주었는데도 주먹은 굴곡 없이 둥글어 보이기만 했다.

배낭을 멘 스무 명이 지하철에 한꺼번에 타니 차량 한 칸이 꽉 찼다. 특히 내가 들고 있는 깃발이 눈에 띄었다. 깃발이 커서 비스듬히 세우다가 앉아 있는 사람의 머리를 치기도 했다. 죄송하다는 말을 열 번은 한 것 같았다. 부어스라고 적힌 깃발을 본 사람들이 눈살을 찌푸렸다. 부어족에 대한 지원금 제도가 뉴스에 심심찮게 나가고 있어 우리에 대해 모를 리 없었다.

내 앞쪽에 있던 할아버지가 옆에 있던 할머니에게 귓속말하는 것이 들렸다. 시늉만 귓속말이었지 오히려 소리를 지르는 것 같았다. 일부러 들으라고 하는 소리가 분명했다.

- 쟈들이 티비에 나왔던 그 한심한 녀석들이구먼.

- 누군데요?

- 왜, 멀쩡한 몸뚱어리 냅두고 세금 뜯어먹는 놈들이지. 집

이 없네 어쩌네 하면서. 왜 우리 같은 늙은이랑 똑같이 지원을 받아?

- 듣고 보니 좀 그렇네요. 그런데, 집이 모자라긴 하데요. 요새 고시원도 없어서 뭔 요상한 방들이 그렇게 많이 생겼다던데…….

- 그게 다 핑계여. 앞가림 잘하는 놈들은 알아서 다 집 구하고 살드만, 못난 것들이나 나라에서 한 푼이라도 더 받아먹으려고 아우성들이지. 왜, 우리 옆집 김 서방네 아들은 신혼집이 이촌인데…….

"……그래요, 우린 못나서 이러고 있습니다!"

갑자기 두 노인의 대화 사이로 두윤의 목소리가 날아들었다. 말릴 틈조차 없었다. 우리를 힐끔거리던 노인들의 눈이 커졌다. 두윤은 어느새 노인들 앞으로 얼굴을 들이밀고 있었다.

"그런데, 우리가 왜 이렇게 됐는데요? 마구 집 짓고, 재개발하고, 한 푼이라도 더 받으려고 고시원 짓고, 집값은 자꾸 올리고, 부동산 투기하고, 그러면서 저희 같은 사람들이 생긴 거 아닙니까? 저희가 무능해서 그래요?"

"……."

"아무리 아등바등해도 오르는 집값을 따라잡을 수가 없는데. 취직하기는 좀 쉬워요? 그놈의 취업, 바늘구멍도 아니고 미생물처럼 구멍이 보이지도 않을 정도고. 소수가 성공하고 다수가 실패하면 전체적으로 봤을 땐 그게 실패지 어떻게 성공입니까?"

"뭐야?"

"그리고, 저희 같은 사람들 지원해 주는 거, 그건 일회성이죠. 집 구할 때까지만 잠깐 미로 상태에 있는 거라구요. 이름이 이상한데, 지원금이 아니라 격려금이죠. 오히려 어르신들 같은 분들 지원하려고 저희 같은 젊은이들이 세금 내느라 뼈 빠집니다. 지금 이 지하철도 공짜로 타신 거잖아요? 그런 돈들, 앞으로 저희가 다 낼 거 아닙니까?"

두윤의 목소리가 높아지고 있었다. 대장이 한 걸음 앞으로 나와서 두윤의 팔을 잡았다. 두윤은 대장의 팔을 뿌리쳤다. 처음 만났을 때부터 느꼈던 거지만 두윤의 성격은 거침없었다. 매사에 저렇게 불만 많고 따질 것 다 따지면 사는 게 피곤할 것 같았다.

두윤의 말을 들은 노인이 황당하다는 듯이 말했다.

"아니, 이 젊은이 아주 맹랑하네. 그러고 보니 머리 색도 이상하고. 늙은이 흉내 내는 거야, 뭐야? 집에서 예절 교육도 안 받았나?"

"네, 예절 교육 받을 집도, 절도 없습니다!"

대장이 다시 두윤의 팔을 잡았다. 이번에는 잡은 거로 끝내지 않고 두윤을 끌면서 말했다.

"모두 옆 칸으로 이동!"

대장의 말에 모두 대장과 두윤을 따라갔다. 두윤은 끌려가면서도 씩씩대고 있었다. 뒤에서 노인들이 혀를 차는 소리가 들렸다. 우리가 옆 칸으로 간 뒤에도 요즘 젊은이들 운운하면서 뒷말하고 있을 게 뻔했다.

옆 칸에 도착하자마자 대장은 두윤에게 한마디 했다.

"지금 안 그래도 부어족들에 대한 인식이 안 좋은데 불난 데 부채질하면 어떡하나? 지하철 안에 보는 눈들도 많은데. 밤에 순례해서 안 될 것 같다고 생각했더니만, 여기에 복병이 있었네."

"저는 그것부터 마음에 안 듭니다. 우리가 무슨 죄인도 아니고, 왜 꼭 남들 눈을 피해서 밤에 다녀야 합니까? 그냥 당당하게 낮에 다니자구요."

"그건 안 돼. 이제까지 지켜 왔던 룰을 하루아침에 바꿀 순 없어."

"위에 직장 상사가 있는 것도 아니고, 당신이 대장이잖아요? 왜 못 바꿉니까?"

두윤이 따지듯 물었지만 대장은 더 이상 말이 없었다. 두윤의 뒤에 서 있던 남자가 두윤의 어깨를 툭 치며 말했다.

"거기까지만 해 두지. 요새 사람들한테 눈이 네 개씩 달린 거 모르나?"

"네 개라니요?"

"앞에 달린 눈 두 개, 남의 말 하는 뒤통수의 눈 한 개, 그리고 스마트폰에 하나. 마지막 눈이 제일 무섭지. 까딱하다간 신상 털려. '지하철 하극상남'으로 인터넷에 떠돌고 싶어?"

두윤의 얼굴이 분노인지 부끄러움인지 모를 감정으로 새빨개졌다. 여기저기서 웃음소리가 터져 나왔다. 나도 두윤에게 마지막으로 한마디 했다.

"순례를 제대로 시작하기도 전에 끝낼 수는 없잖아요."

내 말에 두윤은 고개를 끄덕이며 서 있던 자리에서 배낭을 풀었다. 그 뒤에 곧 아무 일도 없었다는 듯 배낭을 바닥에 내려놓고 그 위에 앉아 졸기 시작했다.

"뭐예요, 자는 거예요?"

"도착하기 전에 깨워."

내가 어이없어 하는 말에 두윤은 고개를 숙인 채 대답했다. 왜 명령이냐고 한마디 하려다가 방금 전에 했던 서슬을 봤을 때 주먹이 먼저 날아올 것 같아 참았다. 보면 볼수록 특이한 캐릭터였다.

안양까지 가려면 아직도 삼십 분 정도 남았기에 다들 구석으로 흩어졌다. 두윤처럼 배낭을 방석 삼아 자고 있는 사람들도 많았다. 다들 어젯밤에 잠을 못 잔 눈치였다. 나도 참지 못할 피로가 몰려오는 바람에 위아래의 눈꺼풀이 붙어 버린 것 같았다. 두윤의 옆에 가서 배낭을 깔고 앉았다. 곧 졸음이 몰려왔다.

꿈속에서 나는 달팽이가 되어 있었다. 등에는 동그랗게 말린 달팽이의 집 대신 슬레이트 지붕을 가진 집이 놓였다. 붉은색 지붕이었다. 유치원이나 초등학교에 다닐 때, 집을 그리라고 하면 꼭 저런 색깔과 저런 모양의 지붕을 그릴 것 같았다. 한마디로 전형적이었다. 부어족 깃발에 그려진 집과 비슷해 보이기도 했다.

나는 그 집을 지고 힘겹게 기어갔다. 골인 지점은 너무 멀었다. 저 멀리, 마라톤 할 때 쓰는 흰색 결승선 테이프가 걸려 있었다. 그곳까지 어떻게 해서든 가야 했다. 몸이 너무 무거웠다. 등 위에 있는 집을 버리고 가면 가벼운 몸으로 금방 갈 수 있을 터였다.

내 집을 포기할 수는 없었다. 어떻게 얻은 집인데, 어떻게 얻은 건데, 하고 가쁜 숨을 몰아쉬면서 꾸역꾸역 나아갔다. 그런데 갑자기 집이 말을 하기 시작했다. 등 위에서 무서워, 아파, 내려 줘, 하는 소리가 들려왔다. 번지 점프를 하는 것 같은, 높고 날카로우면서도 긴 외침이었다.

나는 그래도 가야 한다고 대답했다. 이렇게 가는 건 소용없다는 말이 되돌아왔다. 번지 점프를 끝낸 목소리가 힘없이 가라앉고 있었다. 소용없다는 말을 듣자 끊임없이 꿈틀거렸던 내 더듬이가 움직임을 멈췄다. 불안한 마음으로 뒤를 돌아보았다. 내 등에는 빨간 지붕을 가진 집이 없었다. 머리에서 피를 흘리고 있는 지은 누나가 내 눈을 똑바로 쳐다보고 있었을 뿐이었다.

대장이 옆에서 흔들어 깨우는 바람에 눈을 떴다. 경기를 일으키는 것처럼 소스라치며 일어났다. 온몸에 소름이 돋아 있었다. 꿈속에서처럼 등이 무거웠다. 뒤를 돌아보았다. 문가에 세워 두었던 깃발이 쓰러져서 내 등을 짓누르고 있었다. 등을 누르고 있는 깃발 때문에 그런 꿈을 꾼 것 같았다.

누나의 꿈을 꾼 것은 오랜만이었다. 한동안 잊고 있었던 누나가 편의점에서 특별 부록을 생각했던 뒤로 머릿속을 떠나지 않고 있었다. 고개를 세차게 흔들면서 잠과 꿈을 한꺼번에 쫓았다.

안양역에 내리자마자 진정한 순례가 시작되었다. 벌써 열 시 반이 다 되어 가는 시간이었다. 희미한 가로등이 서로의 얼굴을 비추고 있었다. 밤이라 덥지는 않았다. 머리를 날리는 바람이 건들바람처럼 시원했다. 대학생들의 국토 순례에서 야간 행군을 한다면 이런 느낌과 비슷할 것 같았다.

뒤에서 노랫소리가 들려왔다. 최근에 유행하고 있는 아이돌의 노래와 트로트들이 연이어 흘러나왔다. 떼창 하는 목소리가 밤하늘에 씩씩하게 퍼져 나갔다. 지하철 안에서는 모두 입을 다물고 있었는데 이제야 말이 트인 것 같았다. 서로의 신상을 묻는 말소리들이 들려왔다. 단체 미팅이라도 하고 있는 듯 왜자겼다.

"지금 여기 놀러 왔어요?"

흥겨운 목소리들 사이에 암팡진 목소리 하나가 끼어들었다. 아무도 그 목소리를 신경 쓰지 않았다.

"피할 수 없으면, 즐겨라! 놀러 온 건 아니지만 놀러 온 것처럼 생각해야 버티지. 이왕이면 즐겁게."

다른 목소리가 나직하면서도 힘 있게 응수했다.

옆을 돌아보니 대장도 입을 우물거리고 있었다. 노래를 따라 부르고 있는 것 같았다. 자세히 들어 보니 콧노래를 부르고 있었다. 즐거워 보였다. 대장이 어떤 사람인지 궁금해 나이나 취미를 물어보고 싶었지만 그만두었다. 대장에 대해서는 천천히 알아도 될 것 같았다.

놀러 왔냐고 따지는 목소리의 주인이 누구인지는 모르겠지만, 그 사람은 괜히 힘 빼면서 그렇게 말할 필요가 없었다. 떠들썩한 분위기는 한 시간을 채 넘기지 않았던 것이다.

나도 대학생들의 국토 순례와 비슷하다고 했던 생각을 바로 취소하기로 했다. 부어족의 순례는 국토 순례와 달랐다. 속도의 문제였다. 걷는 게 아니라 기어가는 것 같았다. 이래서야 어느 세월에 경기도를 돌지 알 수 없었다.

예전에 모험하고 싶다는 애인의 채근에 함께 국토 순례를 다녀왔던 친구가 죽을 뻔했다면서 해 줬던 말이 생각났다. 걸어 다니면 자동차로 보지 못하는 풍경을 볼 수 있을 줄 알았는데, 웬걸 빠른 걸음으로 가느라 풍경이 나를 잡기도 전에 이미 저만큼 가 있다는 거였다. 처음에는 뛰는 것처럼 걷다가 나중에는 걷는 것처럼 뛰어야 한다고 했다. 제일 많이 봤던 풍경은 발밑, 곧 내 밑의 땅이라고 했다. 얼굴이 조금이라도 덜 타려면, 또는 얼마만큼 왔는지 생각하지 않으려면 그렇게 걸을 수밖에 없었다는 거다. 걷다 보면 걸음에 취해 계속 걷게 되어 걸음 중독자라도 된 것 같다고 했다.

부어족의 걸음은 풍경만큼 느렸다. 아니, 풍경만큼 멈춰 있었다. 그래서 풍경을 잡으면서 갈 수 있었다. 그 풍경들 속에서 '내 집'을 잡는 것이 최종 목표였다. 밤이 깊어지자 가로등 불빛도 더 선명하게 보이는 것 같았다.

다들 말없이 걸었다. 느린 발걸음은 어깨뿐만 아니라 마음까지 처지게 했다. 좀 빨리 가자는 외침이 뒤에서 들려왔지만 대장은 미동이 없었다. 혼자만의 생각에 빠진 것 같았다.

선두에 함께 서 있던 나도 대장의 걸음에 맞출 수밖에 없었다. 침낭까지 넣은 배낭이 무거웠다. 침낭만 들었을 때는 무거운 줄 몰랐는데 옷과 세면도구까지 합쳐지니 몇 톤짜리 바위로 누르고 있는 것 같았다. 비어 있는 배에서 뱃고동이 울리는 소리가 났다. 찜질방에서 마지막으로 먹었던 라면도 소화된 지 오래였다. 흔하다던 편의점은 아직 간판 글자 하나도 안 보였다.

말은 없어졌지만 다들 걸으면서 주변을 열심히 살피고 있었다. 낮에 달구어졌을 아스팔트 길은 많이 식어 있었다. 산책이라고 해도 될 법했다. 이탈도 자유로웠다. 산책하다가 뭐든지 발견하기만 하면 바로 대열에서 빠져나갈 수 있었다. 그렇게 나가서 집을 찾은 뒤에는 나누어 주었던 작은 깃발을 내 집에 꽂기만 하면 되었다. 물론 아무도 발견하지 못했던 틈새 같은 집을 찾아야 한다는 것이 중요했다. 집의 의미도 자유롭게 해석해야 했다. 번듯하게 지어진 집, 돈을 주고 사야 하는 집만이 집은 아니었다.

집을 찾는 데 가장 적극적일 것 같았던 두윤은 정작 집 찾을 생각은 하지도 않고 혜연에게 계속 말을 붙이고 있었다. 나이는 몇 살이냐, 지금 뭐 하고 있느냐, 앞으로는 뭐 할 거냐 등등. 혜연은 작은 소리로 대답했다. 촉수가 그곳으로 뻗쳐 있어서 그런지 내 귀에도 잘 들렸다. 나이는 스물네 살이었고 지금 대학교 휴학 중이라고 했다. 알고 보니 나보다 연상이었다. 과는 수학교육과였다.

그 말을 듣자 나는 못 참고 뒤돌아 혜연에게 물었다.

"수학은 잘 팔리는 과목이라 과외나 학원을 뛰면 될 텐데, 왜 부어족이 됐어요?"

그 말이 끝나자마자 두윤이 내 뒤통수를 쳤다.

"그 말은 여기서 금기다, 짜샤. 부어족에게 왜 부어족이 되었냐고 묻는 건, 가난한 사람에게 왜 가난하냐고 묻는 거랑 똑같단 말이다. 누군 이러고 싶어서 이러는 줄 알아? 너도 마찬가지고."

할 말이 없었다. 그러자 혜연이 내내 숙이고 있던 고개를 쳐들고 말했다.

"친구를 만들고 싶은 욕심이 앞서서 그렇게 되었어요. 명품백을 든 친구들과 같은 무리에 있고 싶었을 뿐인데 그게 그렇게 잘못인가요? 발목을 접질리듯이 삶을 잠시 삔 것뿐이에요."

"결국, 명품 백 대신 침낭 멘 꼴이네."

두윤이 다 들으라는 듯이 대놓고 중얼거렸다. 이제까지 두윤의 말에 조곤조곤 대답했던 혜연이 두윤을 노려보며 말했다.

"두고 봐요. 지금은 잠깐 미로가 되었지만, 꼭 내 집을 찾고 말 거예요."

"나보다 먼저 찾게 되면 그 말 인정해 주지."

"김두윤, 넌 사회에 불만 있냐? 왜 이렇게 사람이 삐딱해."

보다 못한 대장이 한마디 했다. 비로소 두윤은 입을 다물었다.

"이거, 아무래도 오늘 밤 교육을 제대로 해야겠군."

"교육요?"

내가 묻자 대장이 수염을 한 번 쓰다듬은 뒤 말했다.

"그래, 오늘은 첫날이니까 조금만 걷고 일찍 마무리할 거야. 첫날부터 집을 찾는 사람은 없어. 첫술에 배부를 순 없지."

"……그 전에 깃발 좀 번갈아서 들면 안 될까요? 팔이 저리다 못해 으스러질 것 같아요."

"허약하기는. 남은 날은 길어. 어차피 여기 있는 사람들 다 한 번씩은 들게 될 거야."

대장은 내 요구를 가볍게 묵살했다. 울상을 지으며 깃발을 다른 손으로 고쳐 쥘 수밖에 없었다. 오늘은 내가 계속 깃발을 들어야 한다는 의미였다. 민망하게도 깃발은 야광이었다. 사람들 앞에 야광 팬티를 입고 선 것처럼 부끄러웠다.

출발한 지 거의 네 시간이 다 되어 가고 있었다. 날이 어두운 데다 길가라 위험해서 단 일 분도 쉬지 못했다. 끝이 없을 것 같은 아스팔트 길을 지나 다리를 하나 건넜다. 강바람이 앞머리를 날렸다. 다리를 건너자 건너편에 붉은 십자가 하나가 보였다. 그야말로 구원의 상징이었다.

"오늘은 저기에서 묵고 가겠습니다."

대장의 말에 모두 환호성을 질렀다.

첫날 밤에 묵기로 한 교회는 대장이 순례 때마다 갔다는 곳이었다. 미리 연락해 놓았는지 목사가 입구에 나와 있었다. 붓으로 그린 것 같은 미소를 띤 채였다. 얼굴은 젊어 보였는데 머리가 이미 벗겨지고 있었다. 대장은 목사와 악수했다. 힘 있게 악수하는 대장의 모습이 듬직해 보였다.

화장실 한 번 갈 틈도 없이 곧바로 예배당으로 이동했다. 오늘은 부어족의 순례에 관한 교육을 한다고 했다. 큰 교회라 그런지 예배당에 빔 프로젝터까지 설치되어 있었다. 대장과 같은 조라는 이유로 나와 두윤과 혜연이 행사의 조수로 나서야 했다. 대장이 왠지 일당도 없이 부려 먹는 느낌이었지만 남은 순례를 생각하며 참았다.

헐겁게 먹었던 음식 때문에 아까부터 계속 배가 고팠다. 교회에는 아무것도 없었다. 있는 것은 정수기뿐이었다. 배가 고픈 건 나뿐만이 아닌 것 같았다. 부어족들은 물을 금세 축냈다. 정수기에 꽂혀 있던 물통 하나를 잽싸게 비워 버렸다. 목사는 아까 문 앞에서 그랬던 것처럼 정수기 옆에서 그저 사람 좋은 웃음을 짓고 있을 뿐이었다. 급식은 일요일에만 제공된다고 했다. 아쉽게도 오늘은 일요일과는 너무나 멀리 떨어진 수요

일이었다. 급식이라는 말만 들어도 입에 침이 가득 고였다.

어쩔 수 없이 물로 배를 채운 뒤 조별로 강당에 앉았다. 대부분 얼른 쓰러져 자고 싶다는 표정이었다. 차 사고가 날까 봐 신경을 곤두세우며 걸었더니 피로가 더 빨리 쌓이는 것 같았다. 아스팔트 길만 골라서 걸어왔는데도 얼굴과 머리는 먼지와 흙을 뒤집어쓰고 있었다. 바닥을 디딜 때마다 흙이 서걱거리며 밟혔다.

나와 혜연은 대장이 미리 준비해 온 유인물을 나누어 주었다. 유인물을 받자마자 그 유인물로 부채질하는 이들이 많았다. 한 여자는 피곤하지도 않은지 카메라로 계속 사진을 찍고 있었다. 갈색의 생머리를 포니테일로 묶은 여자였다. 카메라는 비싸고 무거워 보였다. 최신 DSLR처럼 보였고 렌즈도 컸다. 카메라만 팔아도 몇 달은 고시원에서 살 수 있을 것 같았다. 요새는 스마트폰 카메라도 워낙 성능이 좋고 일반인들도 좋은 카메라를 가지고 다녀서 카메라 자체로는 놀랍지 않았지만, 집 주소가 미로가 된 입장에서 카메라를 포기하지 않은 건 고집 있어 보였다. 그래서인지 여자는 다른 사람들보다는 표정도, 행동도 여유로운 듯했다.

유인물을 모두 나누어 준 뒤 맨 앞자리에 앉았다. 그제야 실컷 나누어 주었던 유인물을 읽어 볼 수 있었다. 유인물의 맨 위에 사진이 실려 있었다. 판자촌을 찍은 사진이었다. 집이라고 하기에는 미안할 정도의 판자 덩어리가 켜켜이 쌓여 있었다. 그 안에서 사람이 살 수 있을지 의심스러웠다. 그 판자 덩어리와 덩어리 사이에 빨랫줄이 걸려 있었다. 바람에 휘날리는 빨래가 구원 요청을 하는 것처럼 느껴졌다. 빨랫줄 아래에서는 한 남자아이가 정면을 쳐다보고 있었다. 흑백 사진이라 표정은 자세히 보이지 않았지만 축 처진 두 팔이 모든 것을 말해 주는 듯했다.

유인물에는 2012년에 루마니아의 클루지나포카에서 76가구의 로마족이 강제 퇴거를 당한 사연이 적혀 있었다. 그중의 절반은 뉴파타랏의 변두리로 쫓겨났다. 쫓겨난 것도 억울한데 이들은 썩은 공기까지 마셔야 했다. 근처에 쓰레기 처리장과 화학 폐기물 처리장이 있었기 때문이었다.

"2010년에 시작된 강제 퇴거로 그들은 강제로 쫓겨났습니다. 경찰들이 몰려와서 그들을 짐승 무리처럼 몰아낸 겁니다. 그들은 20㎡에 불과한 땅에 널빤지 열 개와 기둥 두 개만을 가지고 집을 지어야 했습니다. 영하 20도의 날씨 속에서 말입니다."

"……."

"그 뒤에 정부에서는 로마족을 통합했다는 허위 광고를 내보냈습니다. 통합은커녕, 그들을 빈민처럼 만들어 놓고 말입니다. 강제 퇴거는 계속되고 있지요. 2017년에도 지안투르

코에서 수백 명의 이탈리아 로마족들이 강제 퇴거를 당해 일부는 컨테이너로 만들어진 수용소인 '비아 델 리포소(Via del Riposo)'로 가게 되었습니다. 남은 로마족들의 삶도 어떻게 될지 장담할 수 없지요. 당장 집이 없으니까요."

대장의 말이 이어지는 동안 여기저기서 고개를 끄덕거리는 모습들이 보였다. 대장의 말을 경청해서 그런 게 아니라 졸음을 못 이겨 고개를 떨어뜨리고 있는 거였다. 대장은 아랑곳하지 않고 이어서 말했다.

"우리도 이번 순례에서 낙오되지 못한다면 한국의 로마족이라고 불러도 어색하지 않을 겁니다. 부어족이 무슨 뜻인지는 알고 있죠?"

"……."

"그런데 왜 푸어족이 아니고 부어족이에요? 하우스 푸어. 푸어족이라고 해야 하는 거 아닙니까?"

두윤의 말에 혜연이 핀잔을 줬다.

"그건 집 있는 사람들 얘기죠."

"맞습니다. 하우스 푸어는 무리하게 대출해서 집을 구입하는 바람에 빚더미에 앉은 사람들을 뜻하는 말입니다. 우리처럼 집 없는 빈곤층이 아니라, 집 있는 빈곤층을 말하는 것이죠. 우리는 그와 달리……."

"……집을 잃어버린 야인들이죠."

카메라를 든 여자가 말했다. 5조의 유내현이었다. 그동안 달지 않았던 명찰을 이제야 달아서 비로소 이름을 알 수 있었다.

내현의 말에 대장이 손뼉을 치며 말했다.

"맞습니다. '부어(boor)'는 거친 사람, 또는 야인이라는 뜻입니다. 우리같이 침낭을 집처럼 등에 멘 채 집을 찾아 돌아다니는 이들을 하우스 부어라고 하지요. 줄여서 부어족이라고도 하고. 요새 부어족이 주택에 무단 침입해서 옥상이나 지하실, 혹은 정원에서 몰래 자고 가는 경우가 많다고 합니다. 이것 때문에 사회적으로 부어족에 대한 인식이 많이 안 좋아졌죠."

"그런데, 왜 우리가 로마족을 위한 운동을 해야 하죠? 내 앞가림하기도 벅찬데."

혜연이 물었다. 대장은 큼큼, 헛기침하면서 대답했다.

"저 역시 그렇게 생각했습니다. 하지만 가장 멀리 떨어져 있는 것 같은 이들이 우리와 비슷한 모습을 하고 있다는 게, 우리가 움직여야 할 이유라고 생각했습니다. 우리의 이익만을 위해서 집을 찾는 것보다는, 더 나은 세상을 위해 일하면서 걸어가는 것이 의미 있을 거라고 생각합니다."

"……."

"부어족에 대한 부정적인 인식을 바꾸기 위해서라도 건전하게 집을 찾으면서, 우리처럼 집을 찾고 있는 로마족을 위한 운동을 병행할 필요가 있습니다."

"훌륭합니다."

목사가 제일 먼저 손뼉을 쳤다. 박수 소리가 교육의 끝을 알리는 거였다면 행복했을 것이다. 벽에 걸린 시계가 새벽 세 시를 가리키고 있었다. 조는 사람들이 다시 늘어났다. 대장은 마지막으로 모두가 서명한 뒤에 교육을 마무리한다고 했다.

대장이 건넨 서명지를 내가 제일 먼저 받았다. 서명지에 이름과 이메일 주소, 로마족에게 보내는 메시지를 적었다. 무엇을 적어야 할지 망설이다가 '잃어버린 집을 찾아서!'라고 썼다. 곧바로 서명지를 혜연에게 건넸다. 혜연은 머리를 귀 뒤로 넘기면서 열심히 썼다.

서명을 끝낸 사람들부터 앉은 자리에서 침낭을 폈다. 앉은 자리가 곧 잘 자리였다. 부지런한 사람들은 화장실에서 간단하게 씻고 오기도 했다. 화장실 줄이 금세 길어졌다. 다들 줄을 서기 위해 서명을 급하게 해서 사람들 사이를 돌아 서명지가 다시 대장에게 오기까지는 십 분도 채 걸리지 않았다. 마지막으로 목사까지 교회를 대표해서 서명을 마쳤다.

모두 피곤했는지 눕자마자 곯아떨어졌다. 코 고는 소리가 여기저기에서 들리기 시작했다. 바로 잠들지 않고 서울역 광장에서 나누어 준 수첩에 일기를 쓰는 사람은 몇 명뿐이었다. 그중 한 명은 묵주 팔찌의 알을 굴리면서 일기를 쓰고 있었다. 대장도 일기를 쓰는 사람 중 한 명이었다. 순례를 많이 해 본 사람답게 생생한 얼굴로 수첩에 뭔가를 열심히 쓰고 있었다. 그 모습을 지켜보고 있는데 눈앞이 점점 흐려졌다. 묵은 피로가 한꺼번에 몰려왔다. 대장이 일기를 다 쓰는 것을 보지 못하고 잠들었다.

다음 날 아침, 목사는 손수 만든 주먹밥을 건넸다. 소금 간을 한 밥을 동그랗게 뭉쳐 김 가루를 묻힌 간단한 주먹밥이었다. 안에 참치나 스팸이라도 있었으면 하고 바랐지만 한편으로는 그게 어디냐 싶었다. 배고픈 마당에 맨 주먹밥은 진수성찬이나 다름없었다. 모두 한 손에 잡히는 작은 주먹밥을 받자마자 정신없이 먹어 치웠다. 꿀처럼 단 주먹밥을 먹고 나니 목사의 얼굴이 성자처럼 빛나 보였다.

"저희는 밤에 떠날 겁니다. 여느 때처럼요."

대장의 말에 목사는 이제야 알았다는 듯 손뼉을 쳤다.

"아, 그랬었죠. 그럼 저를 좀 도와주시겠습니까?"

목사는 교회 옆에 있는 텃밭으로 모두를 안내했다. 순식간에 순례가 농활 체험으로 바뀌었다. 목사는 점심때까지 채소밭의 김을 매 달라고 했다. 주일 학교가 아직 시작되지 않아서요, 라는 말을 덧붙이기도 했다.

하필 호미가 열 개밖에 없어 남자들은 손으로 잡초를 뽑아야 했다. 허리를 구부린 채 일하는 것은 고역이었다. 햇볕에 달구어진 등이 금방 땀으로 척척해졌다. 종아리도 저려 왔다. 얼마 안 가 밭 귀퉁이에 주저앉아 버리는 사람들이 늘어났다. 그러면서도 목사가 지켜보고 있는 것을 의식했는지 눈치를 보기도 했다. 텃밭 근처가 바로 부엌이라 열려 있는 창문으로 가끔 목사의 얼굴이 비치곤 했다. 목사의 모습이 나타나면 주저앉아 있던 이들도 잽싸게 일어나서 잡초를 뽑는 시늉을 했다. 그럴 때마다 목사는 빙그레 웃었다.

나도 목사의 시선을 의식하다가 모종을 잡초인 줄 알고 뽑아 버렸다. 땅 위로 솟아오른 모습을 보았을 때는 분명히 잡초 같았는데 뽑아 놓고 보니 모종이었다. 최대한 태연한 척해야 했다. 아무 일도 없었다는 듯이 고개를 숙이고 팬 구멍에 다시 모종을 심었다. 손바닥으로 땅을 두드리면서 무럭무럭 자라다오, 하고 교회라는 장소에 걸맞게 기도를 하기도 했다.

"아, 막걸리 땡긴다!"

"김칫국 마시고 있네. 여긴 시골 마을이 아니라 교회다."

"하긴 당당한 처지도 아니지. 부어족 주제에."

"꼭 분위기 깨게 여기서 그런 얘기 해야겠냐?"

우리 조를 제외하고는 다들 시끌벅적했다.

나는 쪼그리고 앉은 자세를 오래 유지하지 못했기 때문에 남들보다 더 자주, 많이 쉬었다. 불편하게 쪼그린 채 등으로 햇볕을 받고 있으니 등이 타는 것 같았다. 혜연과 두윤도 일하면서 자꾸 한숨을 쉬었다. 내현은 이번에도 틈틈이 사진을 찍었다. 호미가 없다는 핑계로 일도 안 하는 것 같았다. 사진이 찍힌 사람 중 한 명이 내현에게 사진을 왜 자꾸 찍느냐며 짜증을 냈다. 내현은 무덤덤한 목소리로 기록하는 습관이 있어서 그런 거라고 대답했다. 순례했던 사진들을 잘 찍어 놓았다가 개인 블로그에 일기 형식으로 올려놓을 거라고 했다. 짜증을 냈던 사람이 초상권 침해하지 말라고 화를 냈다. 내현은 대답이 없었다.

"좋은 생각이야. 부어족에 대한 부정적인 인식이 조금이라도 없어지게 글 좀 잘 써 보라구. 사진은 나중에 꼭 허락 받고 올리고."

남자 중에서 유일하게 호미를 가지고 있던 대장이 호미질하면서 내현을 거들었다. 그럴 때만은 수월하게 일하고 있는 대장이 얄미웠다.

얼마나 일했는지 일한 시간도 가늠하지 못했을 무렵에 점심 식사가 제공되었다. 점심도 마찬가지로 주먹밥이었다. 이번에는 두 개씩이었다. 이제는 저절로 저녁때 세 개를 배급해 줄지 기대하게 되었다.

"일하는 아주머니가 휴가 중이어서요."

목사가 변명처럼 말을 흘렸다. 혼자 주먹밥 사십 개를 다 만드느라 기도도 못 드리고, 설교 준비도 다 못 끝냈다는 말을 덧붙였다. 온화한 목소리로 말하고 있었지만 속뜻은 군말 없이 주먹밥을 먹으라는 거였다. 아무래도 저녁때 주먹밥 세 개씩을 기대하기는 어려워 보였다.

모두 속뜻을 귀신같이 알아들었는지 목사의 말을 착실하게 따랐다. 땀이 입속으로 흘러 들어갔는지 유난히 짭짤한 주먹밥을 게 눈 감추듯 먹어 치웠다. 맛은 아침에 먹었던 것과 같았다. 정수기의 물통을 새로 채워 넣어서 물은 풍부했다. 물 인심만큼은 최고였다. 신선하고 차가운 물을 폭포수처럼 입에 쏟아부었다. 순례를 시작한 뒤로, 아니 고시원을 나온 뒤로 가장 많이 먹은 음식이 물인 것 같았다.

점심을 먹은 뒤 낮참에는 세수하고, 땀에 젖은 옷도 빨아서 마당에 널어 두었다. 햇볕이 좋아 빨래가 잘 마를 것 같았다. 뜨거운 햇볕에 살균되어 보송보송할 옷을 입을 생각을 하니 벌써부터 상쾌해졌다. 예배당에 들어가 낮잠을 자는 것도 필수 일정이었다. 밤에 걸으려면 힘을 비축해 놓아야 했다.

낮잠을 잔 뒤 다시 시작한 일은 오후 네 시가 넘어가서야 끝났다. 잡초가 없어진 밭들을 보니 눈이 시원해졌다. 저녁식사를 하기 전까지 잠을 청했다. 밤에 걸어야 하니 잠도 미리 자 두어야 했다.

일곱 시에 나온 저녁 메뉴도 마찬가지로 주먹밥이었다. 한 사람당 두 개씩이었다. 주먹밥으로 사육당하고 있는 기분이었다. 주먹밥은 먹고 나서도 속이 헛헛했다. 그래도 다음 식사를 언제 할지 모르니, 새벽까지 걸어야 하니 먹을 수 있을 때 먹어야 했다. 동그란 밥을 귀퉁이부터 조금씩 입으로 떼어서 꼭꼭 씹어 침과 골고루 섞었다. 내 나이의 다섯 배만큼은 씹은 것 같았다. 씹을수록 단맛이 입안에 퍼졌다. 어쩐지 아까처럼 달기만 하지는 않았다. 조금은 짜기도 하고, 쓰기도 한 것 같은 맛이 났다. 편의점의 삼각 김밥이 백 배는 맛있을 것 같았다. MSG의 맛이 눈물 나게 그리워졌다. 평소에는 목사가 직접 밥을 하지 않아 다행이었다. 아무리 자연식, 건강식이라고 주장해도 이런 밥을 먹다 보면 신도들이 반 이상은 떨어져 나갈 것 같았다.

"좀 쉬면서 하세요."

그때, 무리에 합류해서 같이 주먹밥을 먹던 목사가 주먹밥을 씹으면서 누군가를 향해 말했다. 모두 목사의 목소리가 건너간 쪽을 보았다. 무리 중에서 단 한 명만 주먹밥을 먹지도 않고 김을 매고 있었다. 일은 아까 끝나서 더 할 것도 없을 것 같은데 손을 멈추지 않았다. 일부러 못 들은 척한 건지 못 들은 건지, 그는 목사의 말에도 하던 일을 계속할 뿐이었다.

목사가 더 큰 목소리로 두 번째로 불렀을 때야 그는 머리를 긁적거리면서 다가왔다. 모두 그를 쳐다보았다. 지하철 안에서 두윤에게 요즘 사람들은 눈이 네 개 달렸다는 이야기를 했던 남자였다. 김을 매는 사이에 눈 밑이 새까매진 것 같았다.

"일을 참 잘하시더군요."

그가 앉아서 주먹밥을 집어 들자 목사가 말했다. 그가 주먹밥을 단번에 반 이상 베어 물며 대답했다.

"오랜만에 해 보니 발동이 걸리더군요. 서울 올라오기 전까지는 고향에서 아버지 농사도 돕곤 했었지요. 서울 올 때만 해도 부어족이 될 줄은 꿈에도 몰랐는데……."

"다른 사람들보다는 낫겠네요. 최후의 보루라고 해도 갈 곳이 있으니."

두윤이 끼어들었다. 그러자 그는 손까지 내저으며 그 말을 부정했다.

"아닙니다, 아닙니다. 이 꼴로 집에 갔다가는 다 같이 농약 먹고 죽을지도 모릅니다. 농사가 계속 망하다 보니 아버지도 이래저래 진 빚이 많아서……."

"웬만하면 순례 끝난 뒤에 바로 고향에 가진 마세요. 괜히 고향 내려가서 사고 쳤다가 기사라도 나면 다음 순례에 피해가 갈 수도 있으니까요. 부어족이라는 단어가 제일 먼저 나올 텐데, 부어족 전체가 의지박약인 것처럼 비칠 수도 있고."

내현이 차갑게 말했다.

"너무하시네요. 그래도 순례하는 동안은 가족이나 마찬가진데."

혜연이 바로 이어서 한 말에는 원망이 묻어 있었다. 나 역시 동감이었다. 생판 모르는 남이라도 그렇게 말할 것 같지는 않았다. 카메라로 담을 수 없는 장면들이 내현의 입을 통해 재생되고 있었다. 내현은 자기가 한 말들을 블로그에 기록하지는 않을 터였다. 어쩌면 내현이 기록하려는 것도 자기가 한 고생을 일부러 전시하려는 것일지도 몰랐다. 자기 입맛에 맞는 말들만 취사선택해서 하는. 요새 유행하는 SNS형 인간인 것 같았다.

혜연의 말에 내현이 지지 않고 다시 반격했다.

"중간에 빠질 사람은 다 빠질 텐데, 가족은 무슨 가족이에요? 쓸데없는 휴머니즘이 더 피곤해요. 아예 처음부터 정을 안 주는 게 낫지."

"원래 혀 밑에 면도칼 숨겨 두는 타입인가?"

두윤이 빈정댔다.

"자, 자. 이런 데서 힘 빼지 말고 다 먹었으면 짐이나 미리 챙겨 두고 쉬지. 곧 발바닥에 불나도록 걸어야 하니."

대장의 말에 모두 입을 다물었다. 이럴 때는 정말 대장 같았다.

주먹밥을 다 먹은 사람부터 자리를 정리하고 일어서려고

할 때, 목사가 입을 열었다.

"부어족들은 모두 집을 구하신다고 들었는데, 종교만 맞는다면 저분을 주일 학교 교사로 채용하고 싶습니다. 물론 숙식은 기본으로 제공하고, 임금도 드리겠습니다. 혹시, 종교가……?"

'저분'이라면서 가리킨 사람은 일을 가장 늦게까지 했던 남자였다. 남자의 얼굴에 화색이 돌았다. 안양은 서울까지 지하철을 타고 가기에도 무난했다. 버스 노선도 비교적 잘되어 있었다. 이곳에서만 자리를 잘 잡아도 성공한 축에 들 수 있었다.

"당연히, 기독교지요!"

남자는 두 주먹을 불끈 쥐고 외쳤다. 모두 주먹밥을 먹는 것을 멈추고 그를 부러워하는 눈길로 쳐다보았다.

두윤은 내 옆에서 조그맣게 중얼거렸다. 여기서도 정치하는 새끼가 있네. 그 말은 모쪼록 나만 들었길 바랐다.

"낙오된 것을 축하한다."

대장이 일어나서 남자 쪽으로 가 악수를 청했다. 순례를 시작한 지 하루 만에 낙오자가 발생한 것은 순례 역사상 처음이라고 기뻐했다. 모두 손뼉을 쳤다. 박수 소리는 셌지만 오래가지는 않았다. 부러움 반, 시기 반이 섞인 박수였다. 표정은 억지로 꾸밀 수 있었지만 손은 연기를 하지 못했다.

다른 사람들은 바로 떠날 준비를 했다. 예배당 안에 있던 배낭을 바깥으로 내왔다. 첫 번째 낙오자인 남자만 배낭을 꺼내지 않았다. 이제는 꺼낼 필요가 없었다. 오래전부터 교회의 터줏대감이었던 것처럼 남자의 태도는 당당했다. 남자는 에베레스트산이라도 정복한 것 같은 표정으로 자신의 깃발을 교회 앞에 꽂았다. 깃발에 그려진 집이 힘차게 펄럭였다.

모두 떠날 채비를 마치고 대열까지 정비했을 때였다. 나는 남자의 종교가 기독교가 아니라는 것을 눈치챘다. 내가 제일 마지막으로 배낭을 멨기 때문이었다. 숙였던 허리를 펴던 나는 뒤돌아선 남자와 마주쳤다. 남자는 자연스럽게 입으로 나무아미타불 관세음보살, 을 외고 있었다.

달밤의 술래잡기

한 명의 낙오자를 축하해 준 뒤 다시 길을 떠났다. 낙오자를 일찍 보게 되니 이상하게 힘이 빠졌다. 나는 그 사람처럼 못 할 것 같았다.

발까지 고통을 호소해 왔다. 한 걸음씩 뗄 때마다 발바닥에 불이 난 것 같았다. 물집 때문이었다. 아까 운동화를 신을 때 오른쪽 발에 큰 물집이 잡힌 것을 보았다. 평소에 오래 걷는 편도 아니고 등산이나 트레킹도 싫어해서 발에 물집이 생긴 것은 처음이었다.

부풀어 오른 물집을 보는 순간 엄마가 생각났다. 이런 물집을 보면 걱정했을 텐데, 라는 생각이 아니라 좋아했을 텐데, 라는 생각이었다. 역시, 부모 떠나니까 고생이지? 라는 말을 한 번이라도 해 보고 싶어 했던 엄마였다. 물론 그 말을 나한테 직접 할 기회는 평생 없을 터였다.

우리 가족에게 최선을 다해 흩어지자고 제안한 사람은 엄마였다. 그 말을 듣자마자 모두 그것만큼은 자신 있다고 아우성을 쳤다. 아빠는 진작부터 독립할 생각을 하고 있었다. 나이 오십이 넘어 독립을 마음먹는 일이 얼마나 어려운지 말하면서 아빠는 희끄무레한 웃음을 지었다. 자식 앞에서 이혼이라는 말을 직접 하지 않는 것만으로도 고마워하라는 말투였다. 물론 나는 하나도 고맙지 않았다. 아빠가 나를 떠나는 게 아니라 내가 아빠를 떠난다고 생각하고 있었으니. 언제든 독립할 생각만 하고 있는 아빠라면 내 쪽에서도 사양이었다.

엄마는 다시 한번 못을 박듯이 말했다.

- 성의 없이 흩어지라는 게 아냐, 정말 최선을 다해서, 알았지?

아빠는 주먹까지 쥐면서 걱정하지 말라고 소리쳤다. 나는 이런 경우에 나타날 최선에 대해 고민해 보았지만 이제껏 아무것에도 최선을 다해 본 적이 없다는 것만 깨달았다. 겨우 내린 결론은 어쨌든 모이는 것보다는 흩어지는 게 더 쉬우니까, 였다. 생각보다는 최선을 다하지 않아도 되는 것이다.

- 그래서, 엄만 어디로 갈 거야?

내 말에 엄마는 어깨를 으쓱거리며 말했다.

- 그걸 말해 주면 흩어지는 의미가 없지.

아빠도 옆에서 고개를 끄덕였다. 이럴 때는 죽이 잘 맞았다.

각자 어디로 갈지 의논하지 않은 채로 짐을 싸고 있을 때 엄마가 나에게 말했다.

- 요새 부어족이 그렇게 많다던데, 거기까지는 되지 마라.

잘되기를 기원해 주는 대신 잘못될까 봐 걱정하는 것도 엄마 마음일 터였다.

그렇게 우리는 독립 가족이 되었다. 예산을 스스로 충당하는 독립 영화처럼 각자의 예산을 충당해야 하는 독립 가족. 말은 멋있었지만 실상은 그렇지만은 않다는 것도 독립 영화와 비슷했다. 엄마의 말과 반대로 이렇게 부어족이 되어 걷고 있으면서도 엄마는 이 사실을 모르고 있으니, 철저히 독립한 셈이었다.

안양을 지나 군포 쪽으로 내려갔다. 첫날부터 낙오자가 생겨서인지 걸음이 어제보다는 빨라져 있었다. 그렇다고 해도 걸음이 느린 사람들이 평소에 걷는 속도보다 약간 빠른 정도였다. 선두에 있는 대장이 느리게 걸어서 그 걸음에 맞추느라 내가 속도를 높일 수도 없었다. 이런 속도로 어느 세월에 도착할까 싶었지만, 생각해 보니 도착점이 있는 것도 아니었다. 어딘가를 향해 걷는 것이 아니니 마음을 좀 더 편히 먹을 필요가 있었다.

사실 물집 때문에 더 빨리 걸을 수 있는 상황도 아니었다. 물집만 아니었다면 더 걷기 수월할 것 같았다. 물집이 번질까 봐 걱정되었다. 수포가 생기거나 물집이 잘못 터지기라도 하면 통증 때문에 제대로 걸을 수 없을 것이다. 선두에 서 있으니 내가 뒤처지면 다른 사람들도 도미노처럼 느려질 게 뻔했다. 피해를 주고 싶지는 않았다. 물집 때문에 고통스러운 와중에 깃발이라도 두윤에게 넘겨 다행이었다. 오히려 남자들보다 걸음이 느려 짐이 될 것으로 생각했던 여자들이 잘 걸었다. 근성과 끈기는 성별과 상관없었다.

걷고 있는 동안에는 휴대폰을 꺼 놓으라는 대장의 말에도 불구하고 몇몇은 쉬는 시간에 몰래 휴대폰을 만지작거렸다. 걸어갈 때는 불빛이 각 조의 맨 앞 사람이 들고 있는 붉은 야광봉에서만 나왔는데 길가에서 쉴 때는 휴대폰 불빛이 점점이 흩뿌려졌다. 지상에 있는 별빛들이었다.

부어족이 된 뒤에도 연락 올 사람들이 있는 그들이 부러웠다. 내 휴대폰은 호수 아래에 가라앉아 있는 돌처럼 고요하게 배낭 앞주머니에 잠겨 있었다. 휴대폰이 정지되지 않았다고 하더라도 어차피 연락 올 데도 없었다. 시계로도 사용할 수 없는 짐이나 마찬가지였다. 순례하는 동안에는 비닐봉지나 플라스틱 케이스 하나도 다 짐이라 휴대폰은 무거운 축이었다. 그래도 휴대폰을 고시원에 두고 오지 않고 기어이 배낭에 넣어 왔다. 구형 휴대폰이라 어플 하나 실행하기 힘들어도 내 밖의 세상과 연결된 유일한 끈이었다.

"휴대폰에 꿀 발라 놨냐?"

내 옆에서 쉬고 있던 두윤이 휴대폰을 들여다보고 있던 혜연에게 핀잔을 주었다. 혜연이 입을 삐죽였다.

"괜한 자격지심 같은데 참견 마요. 외롭다고 온몸으로 시위하는 것도 아니고."

"뭐?"

"휴대폰 켜 봤자 메시지 하나 올 데 없으니까 시비 거는 거죠? 그 성격에 애인은 당연히 없을 것 같고, 가족들한테도 연락 없어요?"

혜연의 말에 두윤은 말문이 막혔는지 혼자 씩씩거렸다. 괜히 웃음이 나왔다. 잔부끄럼이 많은 것 같으면서도 똑 부러지게 할 말 다 하는 혜연이 밉지 않았다. 당찬 모습이 오히려 나보다 용감해 보였다.

두윤이 인상을 쓰며 말했다.

"난 이미 가족한테서 독립했어. 우리나라도 외국처럼 성년이 되자마자 독립해야 한다니까. 다들 자립심이 없어, 자립심이."

"독립이 아니라 방임이겠죠."

"와, 진짜 한마디도 안 지네."

"제가 져야 할 이유가 없으니까요."

솔직히 말하면, 저렇게 티격태격할 수 있는 에너지가 있다는 게 신기했다. 나는 말할 힘조차 떨어져 가고 있었다. 물집의 고통 때문이었다. 잠깐씩 쉴 때마다 신발에 양말까지 몽땅 벗고 발을 말렸다. 땀이 나면 물집이 더 심해져서 미리 베이비 파우더라도 뿌렸어야 했는데 그런 세심한 준비물을 가져왔을 리 없었다. 몸 하나 챙겨서 오는 데 급급했으니. 베이비 파우더가 있는 사람을 찾고 싶었지만 아직 다른 조 사람들과는 말을 다 트지 못했다.

우려했던 대로 벌써 작은 물집들끼리 모여서 큰 물집을 만들고 있었다. 물집이 시시각각으로 번져 간다는 게 눈에 보일 정도였다. 모양이 무서워서 마사지할 엄두도 나지 않았다. 계속 쉬고 싶었지만 쉬는 시간은 너무나 짧았다. 오래 쉴수록 더 지치기 때문에 쉬는 시간은 길어야 십오 분이었다. 물집 때문에 걸을 때마다 발바닥이 욱신거려서 신경이 온통 그쪽으로만 쓰였다. 나 말고도 물집이 생긴 사람들이 많은 것 같았다. 파근한 다리를 절뚝이거나 질질 끄는 사람들이 몇 명 있었다.

"왜, 물집 때문에 아파?"

옆에서 걷던 대장이 물었다. 대답 대신 눈썹을 찡그리며 고개를 끄덕였다.

"이따 물 빼자. 그래야 얼른 낫는다."

물을 뺀다는 말에 내가 뜨악한 표정을 짓자 대장은 사내자식이 그렇게 겁이 많아서야, 하면서 내 어깨를 툭툭 쳤다. 그쪽 발바닥에 물집이 포도알처럼 모여 있었기 때문에 하마터면 대장을 함부로 밀쳐 버릴 뻔했다. 겨우 참고 속으로 한숨을 쉬었다.

"그런데 지욱은 원래 그렇게 과묵해?"

뒤에서 두윤이 말을 걸었다. 마이크에 대고 말하는 것도 아닌데 두윤의 목소리가 어둠 속에서 크게 울렸다.

"촉새 같은 누구보다 훨씬 좋아 보이네요."

혜연의 목소리가 뒤이어 톡톡 튀는 것처럼 흘러나왔다. 좋아 보인다는 말에 마음이 조금 간지러웠다.

"원래부터 그런 건 아니었어요."

정말 원래부터 그런 건 아니었다. 말이 없어진 건, 아마도 지은 누나가 사라진 이후부터일 것이다. 누나는 말 그대로 내 인생에서 증발해 버렸다. 주민등록등본에는 아직도 지은 누나의 이름이 있는데, 내 주소를 미로로 해 놓은 뒤에도 누나는 내 가족으로 남아 있는데, 정작 누나라는 존재가 내 인생에서 가뭇없게 되었다. 부모가 지금 내 곁에 없는 것과는 다른 문제였다.

다시 입을 다물었다. 내 성격이 원래 그렇지 않았다면 언제부터 그렇게 되었는지 물어보기 전에 고개를 숙였다. 지은 누나는 내가 고시원에서 살 수밖에 없었던 이유였고, 부어족에서 빨리 벗어나야 하는 이유이기도 했다. 나의 침묵에 두윤과 혜연도 다시 말을 걸지 않았다.

내 침묵과 비슷한 길이 계속 이어졌다. 표지판 하나 보이지 않았다. 어제 신나게 노래를 부르던 이들도 오늘은 시작부터 조용했다. 주위를 둘러보아도 온통 검은 논밭이었다. 집을 밝히는 불빛도 없었다. 인가가 드문 것 같았다. 가끔 멀리서 붉은 불빛이 보이기도 했다. 십자가들이었다. 인가가 별로 없는 곳에서도 교회들은 기세 좋게 자리하고 있었다.

그런 끈질김이 조금은 부럽기도 했다. 내가 이렇게 된 것도 끈질김이 없어서인 것 같았다. 진득하게 뭘 해 본 적이 없었다. 성적도 튀는 것 없이 고만고만했고, 친구도 오래 사귀지 못했고, 연애도 천둥처럼 시작해서 번개처럼 끝났다. 독립 가족이 된 뒤에 혼자 잘살아 보겠다며 큰소리쳤지만 결국 서울에서도 미로에 빠졌다. 부어족도 진득하게 안 하면 되지, 하고 중얼거려 봤지만 속이 개운하지 않았다. 스무 명, 아니 열아홉 명 중에서 끝까지 낙오되지 못하면 어떡할지 마음이 무거워졌다.

밤인데도 계속 걸으니 땀이 흘렀다. 바람 한 점 없었다.

땀 냄새를 맡았는지 모기들이 쉴 새 없이 달려들었다. 여기저기에서 손바닥으로 살을 치는 소리가 들렸다. 북북 긁는 소리들도 섞였다. 너무 많이 긁어 피까지 났다는 원성까지 나왔다.

나도 벌써 팔다리를 모기에게 대여섯 방 물렸다. 팔은 물리자마자 긁을 수 있었지만, 다리는 계속 걸어야 해서 긁지 못해 머리가 멍해졌다. 당장 멈춰서 다리를 피가 나올 때까지 시원하게 긁고 싶었다. 맨 앞에 있다 보니 대열에서 빠져나오기도 어려웠다. 빨리 쉬는 시간이 오기를 바랄 뿐이었다.

목도 말랐다. 교회에서 떠 왔던 생수는 이미 바닥을 드러내고 있었다. 영혼이 빠져나간 상태가 꼭 이럴 것 같았다. 이마에 고여 있던 땀이 눈으로 흘러내려 눈이 따가웠다. 발바닥에 있는 물집은 저절로 터지지 않고 걸을 때마다 물컹거리기만 했다. 물집에, 모기에, 땀까지 신경 쓰느라 주위를 살펴볼 여유가 없었다.

"도대체 밤에 길을 떠나는 이유가 뭡니까? 집을 찾으려고 해도 뭐 보여야 찾지."

뒤에서 투덜거리는 소리들이 들려왔다.

"맞아요. 졸려 죽겠어요. 우리도 남들처럼 낮에 걷고 밤에 자면 안 돼요?"

"어제 일할 때 햇볕 못 봤어? 그런 날씨에서 걷다간 몸 약한

애들은 바로 쓰러져. 우리가 정식으로 하는 국토 순례처럼 뒤에 앰뷸런스 따라오는 것도 아니고, 아직 나라에서 제대로 대책 세워 준 것도 아닌데 다치면 본인만 손해야. 부어족에 대한 인식만 더 안 좋아진다고. 그저 안전제일! 일 생기기 전에 미리 조심해야지."

대장이 뒤를 돌아보며 타일렀다. 걸음이 조금도 흐트러지지 않았다. 걸으면서 모기에 물린 곳을 긁는 신공까지도 너끈히 발휘할 수 있을 것 같았다.

대장의 말에 누그러질 줄 알았던 소리들이 다시 들려왔다.

"그래도 이건 좀 아닌 것 같아요. 어두워서 집을 찾을 수가 없어요."

"맞아요. 우리가 꼭 죄인 같잖아요."

그 말을 듣자마자 대장이 소리쳤다.

"왜 이렇게 다들 약해 빠졌어? 이제 겨우 이틀째야. 그런 정신머리로 낙오될 수 있겠어? 말마따나 우리가 죄인도 아닌데 숨어서 다녀야 할 필요는 없어! 다만 일사병이나 열사병으로 사고가 날 위험이 있어 낮을 피한 것뿐이야!"

대장은 대열을 보지 않고 앞을 보면서 소리쳤다. 걸어가면서 소리치는 모습은 칠판을 보면서 소리치고 있는 선생님 같았다. 선생님의 등을 보는 학생들은 쇠귀에 경 읽기처럼 선생님의 말을 한 귀로 듣고 한 귀로 흘릴 터였다. 대장의 말을 듣고 있는 부어족들도 그런 것 같았다.

그래도 대장이 소리친 게 효과가 있었는지 주위는 물을 끼얹은 듯 고요해졌다.

"……좀 쉬다 가죠."

두윤이 나지막한 목소리로 말했다. 대장이 말없이 야광봉을 들었다. 쉬는 시간이라는 신호였다.

차 한 대도 지나가지 않는 길이었지만 안전을 위해 길 한쪽으로 몰아서 앉았다. 자리에 털퍼덕 주저앉는 소리가 크게 울렸다. 모두 자리에 앉자 대장이 이번에는 한결 부드러워진 목소리로 말했다.

"원래 셋째 날까지가 제일 힘들어. 안 하던 걸 하려니 힘든 게 당연해. 내일까지는 힘들 테니까 조금만 더 참아. 그래도 이 고비를 지나면 괜찮아. 우리는 그나마 밤에만 걸어서 더위를 덜 타니 덜 힘든 거지. 낮에 걸었으면 벌써 환자 여러 명 나왔어."

"목도 마르고 배도 고파요. 순례가 아니라 기아 체험하는 기분이라구요."

"날 밝자마자 쉴 곳을 찾을 거야. 먹을 것도 사고. 회비로 내일 아침에는 컵라면도 하나씩들 먹자."

컵라면이라는 말에 침 삼키는 소리가 들렸다. 나도 소리 나게 침을 삼켰다. 대장은 컵라면이라는 말로 대열이 진정되었다고 생각했는지 더 이상 말하지 않았다.

그때, 남자 한 명이 대장 쪽으로 다가왔다. 그는 자기를 4조 이경수라고 소개했다. 경수가 대장에게 말했다.

"대장, 원래부터 이랬는지는 알 수 없지만 아무래도 이 방식은 아닌 것 같습니다. 불만이 너무 많아요. 위험하기도 하고."

"대안이라도 있나?"

"가장 더운 시간을 피해서 아침과 저녁 전까지 걷는 건 어떻습니까? 밤에는 잘 곳을 찾구요. 솔직히 집을 찾고 싶어도 이런 어둠 속에서는 아무것도 안 보입니다."

"……이제까지 스무 번 이상 이런 방식대로 해 왔어. 아무도 불만이 없었고."

"하지만 원칙이라는 것도 다수가 받아들일 때만 유지해야 하는 것 아닙니까? 융통성이 필요할 것 같습니다. 어둠 속에서 오히려 사고가 날 가능성이 더 많으니까요."

"낮에는 경쟁력이 없어. 우리가 아니라도 순례자들이 많아. 그리고 우리에게는 사명이 있잖나. 진정한 사명은 어둠 속에서 빛을 발하는 법이지."

"그 사명이 뭔데요? 그게 그렇게 대단한 겁니까?"

"로마족 체험."

"로마족 체험요?"

"첫날밤에 교육했던 걸 벌써 잊었나? 그들은 원래 살던 곳에서 쫓겨나 강제 이주를 해야 했지. 새벽에 경찰이 찾아와 그들의 집 문을 두드렸어. 어둠을 피해 쫓기듯이 가야 했던 그들의 절망과 절박함을 우리도 함께 느껴 보자구. 걸으면서 상상해 봐도 좋고."

"솔직히 그런 사명, 저는 모르겠습니다. 저는 그저 제 등 하나 붙일 집이 필요할 뿐입니다. 그게 서울에서 가까우면 가까울수록 더 좋구요. 모두의 마음도 같을 겁니다. 로마족 따위에겐 관심 없어요."

"그런 마음 때문에 더 밤에 순례해야 하는 거야. 우리만을 위해서, 이기적으로 집 찾는 거 막으려고. 어둠 속에서 그들의 입장을 느껴 보라구. 서럽게 쫓겨나야 했던 그 심정들을 말이야. 낮에는 너무 보이는 게 많고, 걸리는 게 많아서 그런 생각들을 하기 힘들지. 사색하면서 걸어 보란 말이야."

"사색이라니, 너무 거창하네요. 사치 같기도 하고. 사실은 부어족이라는 게 부끄러워서 남들 눈 피하는 거 아닙니까?"

경수의 언성이 높아졌다. 그러자 그때까지 가만히 있던 두윤이 말했다.

"그건 내가 그저께 했던 레퍼토리잖아. 진부해."

"……."

"처음부터 알고 오신 거 아닌가요? 밤에 순례한다는 거."

나도 모르게 불쑥 말했다. 모두의 시선이 나에게 향했다.

야광봉과 휴대폰 불빛 외에는 어둠뿐이라 표정이 자세히 보이지는 않았다.

경수가 말했다.

"누가 그래? 난 밤에 하는 줄 모르고 왔어. 공지에도 없었고."

"그래도 집합 시간이 밤이었잖아요?"

"무슨 소리야? 난 언제 집합하는지 몰라서 그날 무작정 오전 일곱 시부터 기다렸다고. 무식하긴 하지만 딱히 다른 방법도 없으니까. 그냥 기다리긴 했지만 열 받던데. 어떤 단체가 이렇게 허술하게 하나 했지. 따로 갈 데가 없으니까 계속 기다리긴 했지만."

그 말을 듣자 말문이 막혔다. 서울역 광장에서 두윤이 했던 말과 같았다. 나는 두윤만 실수로 포스터에서 시간을 못 본 줄 알았다. 그렇다면 두윤의 말대로 처음부터 정해진 시간이 없었다는 게 맞았다.

뭔가 이상했다. 분명히 민기에게서 밤 아홉 시에 순례가 출발한다는 말을 들었었다. 전에 부어족 순례를 했다던 민기는 밤에 출발한 경험이 있었기에 나한테 그런 말을 했을 터였다. 머릿속이 어지러웠다. 야광봉의 붉은 불빛이 시야가 흐려지면서 뿌옇게 보였다.

내 생각을 읽기라도 한 듯 대장이 무겁게 말문을 열었다.

"사실이야. 이제까지 밤에 순례를 시작한다고 먼저 말한 적은 없었어. 그래도 지금까지는 다들 잘 순응해 왔는데. 이번 순례의 구성원들은 좀 독특하군."

대장의 말에 머리를 강펀치로 얻어맞은 듯한 충격이 왔다. 나만 이상한 사람이 된 것 같았다. 민기가 나에게 왜 구체적인 시간을 알려 줬는지 이해할 수 없었다.

민기는 어떻게 그 시간을 알고 있었던 거지?

소용돌이치는 내 생각과 상관없이 경수가 차분하게 말을 이었다.

"그럼, 지금까지 했던 대로 앞으로도 하실 거란 말씀이십니까?"

"그래, 내 생각은 변하지 않아."

대장이 단호하게 말하자 경수가 주먹을 불끈 쥐고 일어섰다. 모두 긴장했다. 경수가 대장에게 한 걸음 가까이 다가갔다. 대장이 고개를 들어 경수를 보았다. 경수도 대장을 내려다보았다. 그 순간 긴장된 기운이 감돌았다. 호리호리한 편이지만 경수의 주먹은 단단해 보였다. 인상이 강해 보이는 대장이 예상과는 반대로 밀릴지도 몰랐다.

그 순간에도 내 머릿속에는 민기에 대한 의문만 떠돌았다. 혼란스러웠다. 휴대폰을 당분간 쓰지 못할 것으로 생각해서 민기가 새로 바꾸었다는 휴대폰 번호를 받지 못한 게 안타까웠다. 당장이라도 물어보고 싶은데 서울로 다시 가지 않는 이상 진실을 알 기회는 없었다.

대장이 몸을 일으키려고 할 때였다. 모여 있던 여자들 쪽에서 울음소리가 들려왔다. 혜연의 목소리였다. 혜연이 울기 시작하자 곁에 있던 다른 여자들도 따라서 울기 시작했다.

내현만 예외였다. 내현은 그 상황에서도 동요하지 않고 카메라를 만지작거리고 있었다. 심지어 장례식장에 오는 연예인들을 찍는 무례한 기자들처럼 우는 여자들의 사진을 플래시까지 터뜨리며 찍기도 했다. 내현에게 한마디 하려다가 참았다. 우는 소리를 들으니 나도 눈물이 울컥 나왔다. 눈물 한 방울이 흘러내렸다. 급히 손등으로 눈물을 닦았다.

혜연은 다리가 아프다면서 울었다. 그리고 엄마라는 말을 여러 번 했다. 엄마라는 말이 진짜 엄마가 보고 싶어서 우는 건지, 아니면 관습적으로 힘들 때 하는 말인지는 확실하지 않았다.

경수는 울음소리를 듣고 주먹을 내렸다. 말은 하지 않았지만 대장에게 원망의 눈빛을 보내고 있었다.

대장은 일어나서 여자들 쪽으로 갔다. 가서는 달래듯 말했다.

"마음 약해지는 게 당연해. 길에서 이렇게 고생하는 게 절대 쉬운 일은 아니지. 그래도 손 놓고 있을 수는 없잖아. 고생하는 게 억울하지 않도록 어떻게든 자리를 잡자. 술래잡기한다고 생각해."

"수…… 술, 술래잡기요?"

울음을 참느라 끅끅대던 여자 하나가 물었다. 대장이 고개를 끄덕이며 말했다.

"그래, 달밤의 술래잡기. 우리는 꼭꼭 숨어 있는 집들을 찾아다니고 있는 술래들이지. 조금 시간이 걸릴지라도, 모든 부어족들이 자기의 집을 찾을 수 있을 거야. 꼭 그렇게 되도록 하자구."

술래잡기라는 말은 이상하게도 모두의 마음을 움직였다. 나에게도 술래잡기라는 말은 낯설지 않았다. 지은 누나와 가장 많이 했던 게 술래잡기였다.

내현만 여전히 불만스러운 표정을 짓고 있었다. 미간에 잡힌 주름이 더 깊어진 것 같았다. 저렇게 매사에 불만스러우면 스트레스로 본인이 먼저 위궤양에라도 걸릴 것 같았다. 구겨진 주름을 손가락으로 펴 주고 싶다는 생각이 들 정도였다.

모두 더 이상 다른 말을 하지 않고 다시 길을 떠나기 시작했다. 꾸물거리다가 길 위에서 밤을 보낼 수는 없었다.

시간이 얼마나 더 지나갔는지 몰랐다. 가끔 산속에서 이름 모를 새가 울었다. 노랫소리라기보다는 비명처럼 음산했다. 유난히 칼칼한 음성이었다. 이미 새벽 네 시가 넘어가고 있었다. 잠을 미리 자 두었는데도 걸으면서 조는 사람들이 늘어나기 시작했다. 나도 눈이 슬슬 감겼다. 누가 조금이라도 옆을 스치면 그대로 툭, 쓰러져서 잠들 것 같았다.

내 몸이 나도 모르게 옆으로 기울어지자 대장이 내 팔을 잡았다. 아무래도 아까 쉬는 시간에 경수와 실랑이하고 우는 사람들을 달래느라 시간을 너무 지체한 것 같았다. 대장은 내 상태를 보고 어쩔 수 없다고 생각했는지 야광봉을 위로 들었다. 그리고 옆을 가리키며 말했다.

"오늘은 여기서 잔다."

대장의 옆을 보니 넓은 공터가 있었다. 풀이 군데군데 나 있는 것으로 보아 불모지인 것 같았다. 산속이라 차가 많이 지나다닐 것 같지는 않았다. 차가 지나간다고 해도 차를 피하는 게 아니라 차가 알아서 피하길 바랄 정도로 다들 지쳐 있었던 터라 대장의 말에 모두 동의했다.

조별로 모여 침낭을 깔았다. 물이 다 떨어져서 먹지도, 씻지도 못해 말이 없어졌다. 거칫한 얼굴들이 묵묵히 침낭을 깔고 자리에 누웠다.

나도 대장 옆에 침낭을 깔았다. 여분의 옷을 꺼내 얼굴과 몸에 난 땀을 대충 닦았다. 찬물로 샤워하고 얼음 식혜 한 잔을 먹을 수 있다면 그게 곧 천국일 것 같았다. 얼음 식혜를 한 번 생각하기 시작하자 머릿속에서 그 이미지가 떠나지 않았다. 식혜 위에 떠 있는 밥알을 씹는 생각을 하면서 입안에 아무것도 없는데도 씹는 흉내를 내기도 했다. 찜질방에서 식혜를 사 먹지 않았던 것이 두고두고 후회되었다. 그때 먹었다면 되새김질하듯 맛을 수없이 음미했을 텐데, 마지막으로 식혜를 먹은 게 언제인지 기억나지 않아 아는 맛인데도 되살리기엔 까마득했다.

대장은 나보다 먼저 침낭을 깐 뒤에 배낭에서 무언가를 꺼내고 있었다. 곧 대장이 내게 말했다.

"물 빼자."

대장의 손에 들려 있는 것은 간이용 반짇고리와 라이터였다. 잠이 확 깼다. 대장은 반짇고리에서 실과 바늘을 뺐다. 내가 대장의 휴대폰 불빛으로 손을 비춰 주는 동안 대장이 바늘에 실을 꿰었다. 단번에 성공했다. 라이터를 켜서 바늘을 달궜다. 라이터 불빛이 아롱거렸다. 대장의 입술은 굳게 다물려 있었다. 대장은 달구어진 바늘을 내 발바닥에 있는 물집에 꿰었다. 바늘이 통과하자 찌릿한 통증이 느껴졌다.

나도 모르게 작게 소리를 쳤다. 사내자식이 엄살을 떤다고 대장이 한마디 했다. 남자가 엄살을 떨면 왜 안 되는지 묻고 싶었지만 나를 위해 물을 빼 주고 있는 대장을 보며 참았다. 더 이상 소리 내지 않고 입을 꾹 다물었다. 바늘을 통과시키자 물집 안에는 실만 남았다. 실만 남겨 두고 바늘을 뺐다. 대장은 실에 물이 스며들도록 그대로 두고 자라고 했다. 고맙다는 인사가 작게 새어 나왔다.

머리를 뉘었으나 오늘도 잠이 오지 않았다. 시험 준비를 할 때 생겼던 불면증이 도진 것 같았다. 고시원에 두고 온 책들이 생각났다. 내 손때가 켜켜이 묻어 있는 책들이 잘 있을지 궁금했다. 안부를 묻고 싶었다. 마지막 희망이었다. 집을 찾게 되면 책부터 제일 먼저 가져올 생각이었다. 부어족이 되기 전으로 돌아가서 처음부터 다시 시작해야 했다.

소민에게도 당당한 모습으로 나타나 정식으로 사귀자고 말하고 싶었다. 지금은 때가 아니었다. 부어족이 된 남자를 좋아할 여자는 없었다. 부어족 생활을 하는 동안에는 소민에게 전화하지 말자고 다짐했다. 다짐하는 동안에도 모기들이 기세 좋게 날아다녔다. 모기를 피해 침낭을 머리끝까지 올리고 싶었지만 숨이 막힐 것 같아 참았다.

대장의 말처럼 이렇게 집을 찾는 게 술래잡기라면 절대로 오래 하고 싶지 않았다. 오랫동안 술래잡기해서 좋을 게 없었다. 따지고 보면 지은 누나가 사라진 것도 결국 술래잡기를 오래 한 탓이었다. 부모가 로또 명당자리와 도박 명당자리를 찾아 전국 각지를 떠돌아다니는 동안 우리는 부모를 어지간히도 찾아다녔다. 로또 명당자리를 인터넷에서 검색해 보기도 하고, 누나와 손 붙잡고 버스를 몇 번씩이나 갈아타면서

도박을 많이 한다는 비닐하우스를 찾아보기도 했다.

다 헛소문이었는지 헤매면서 다니는 장소들에서도 부모의 그림자는 찾아볼 수 없었다. 어찌나 잘 숨는지, 찾는 우리가 영원한 술래가 될 것 같았다. 아빠는 가끔 도박판이 경찰에게 걸려 구류를 살고 오느라 더 심한 술래잡기를 하기도 했다. 아빠는 감옥에 가서도 절대 연락하지 않았다. 대박이 터진 다음에 떳떳하게 연락하겠다는 핑계 때문이었다. 대박을 꿈꾸느라 부모는 쪽박 같은 빚만 점점 불려 놓았다. 누나와 나는 대학 갈 생각도 버렸다. 희망은 공무원 시험 합격뿐이었다. 꼭 같이 붙자고 누나와 다짐했는데. 누나는 몇 년씩이나 하던 술래를 포기해 버렸다. 내가 부모를 기다리지 않았을 때도 끈질기게 기다렸던 누나는 나보다 일찍 지쳐 버렸다.

누나가 쪽지 하나 없이 집을 나간 지도 벌써 삼 년이 넘었다. 누나가 사라지자 내 생활은 더 엉망이 되었다. 원망스럽지는 않았다. 단지 얼굴을 한 번만 보고 싶었다. 내가 부어족이 된 걸 알게 되면 누나의 표정이 어떻게 변할지 궁금했다. 눈물이 많은 누나는 말없이 내 손을 붙잡고 고개를 숙이면서 눈물만 떨어뜨릴 것 같았다.

부모의 행동은 누나가 사라진 뒤에도 변한 게 없었다. 누나를 찾는 전단지를 로또나 도박 명당자리에 가는 길에 뿌리고 다니는 것만 추가되었을 뿐이었다. 그나마 휴대폰 번호를 바꾸지 않고 있다는 게 누나를 기다린다는 증거가 되었다.

나는 전단지를 뿌리고 다니지 않았다. 전단지를 뿌리는 순간 누나를 잃어버렸다는 것을 인정하는 것 같았다. 그래도 서울에 올 때 전단지를 한 장 가져오기는 했다. 그 전단지는 고시원 방문에 붙어 있다가 지금은 배낭의 구석 자리에 고이 모셔져 있다.

바깥에 내밀고 있는 얼굴 쪽으로 모기들이 달려들었다. 모기가 날아다니는 소리 때문에 노이로제에 걸릴 것 같았다. 모기 때문에 잠들지 못하는 것은 나뿐만이 아니었다. 신음과 짜증 내는 소리가 끊이지 않고 들려왔다. 그 소리까지 겹치니 잠이 절대 올 리 없었다. 귀를 막았지만 소리는 완벽하게 지워지지 않았다. 지금 이곳에서 자유롭고 즐거운 생물은 모기뿐이었다. 오늘 밤의 제물들로 향연을 벌이고 있을 모기들을 생각하니, 귓가에 윙윙거리는 소리도 약 올리는 것처럼 들렸다.

화가 났지만 어쩔 수 없었다. 지붕 없는 집에서 잔다는 것은 모기쯤은 감수해야 한다는 것을 뜻했다. 언젠가는 이렇게 바닥에서 모기를 쫓으며 잔 것도 추억이 되리라. 그때쯤에는 고생한 것이 더 추억에 남는다느니, 젊었을 때 고생해 봐야 한다느니와 같은, 꼰대 같지만 여유 넘치는 소리들을 하면서 우아하게 차나 술을 마실 수도 있으리라.

그런 생각들을 하니 조금은 위로가 되었다. 잠시 뒤에 날이 완전히 밝아 버리면 더 자기 힘들어질 터였다. 그 전에 얼른 잠들어야 했다. 날이 밝으면 모기가 사라지리라는 희망을 갖고 억지로 잠을 청했다.

겨우 벼룩잠을 자고 있을 무렵이었다. 한 시간도 채 지나지 않은 것 같은 짧은 시간이었다. 갑자기 누군가가 외치는 소리에 잠을 깼다. 잠에서 깼다기보다는 소스라친 쪽에 더 가까웠다. 시야가 생각보다 훤했다. 벌써 날이 밝아 오고 있는 모양이었다.

"야! 너희들 뭐야!"

그 소리에 애벌레처럼 모여 있던 열아홉 개의 침낭들이 동시에 꿈틀거렸다. 역시 모기 때문에 깊이 잠든 사람이 없었던 것 같았다. 소리는 뒤쪽에서 나고 있었다. 상쾌한 새벽 공기와는 어울리지 않을 정도로 퉁명스러웠다.

어슴푸레한 실루엣이 우리 쪽으로 다가왔다. 이마에 주름이 잡힌 남자였다. 어느새 침낭에서 빠져나온 대장이 남자에게 다가갔다. 대장이 말을 걸기도 전에 이마에 주름이 있는 남자가 먼저 소리쳤다.

"누군데 감히 여기 있는 거야?"

"죄송합니다. 저희는 강제 퇴거를 당한 로마족을 위해 서명을 받으러 다니고 있습니다. 서명 좀 부탁드려도 될까요?"

"서명 같은 소리 하고 있네. 당신들이야말로 여기에서 강제 퇴거당해야 할 것 같은데. 여기가 어딘지나 알고 있는 거야?"

남자의 말에 우리는 주위를 둘러보았다. 불과 몇 시간 전, 거친 풀인 줄로만 알고 있었던 것들은 알고 보니 곱게 깎인 잔디였다. 어두워서 보이지 않았던 주변에는 꽃과 나무들이 군락을 이루고 있었다. 딱 봐도 손이 많이 간 것 같은 모양새였다.

게다가 안쪽에는 호수까지 있었다. 어제는 보이지 않았던 풍경들이었다. 호수 뒤편에는 별장 건물인 듯한 호화로운 저택이 한 채 있었다. 거리가 너무 멀어서 보기에는 작아 보였지만 실제로는 무척 큰 저택이었다. 화려한 드라마 세트장에서나 볼 수 있을 것 같은 집이었다. 창문이 몇 개인지 가늠할 수도 없었다. 거짓말처럼 다른 풍경을 마주한 우리들의 입이 저도 모르게 벌어졌다.

건물을 본 대장이 더듬거리며 물었다.

"여기가…… 사유지입니까?"

"그래, 그냥 사유지일 뿐만 아니라 의원님의 별장 정원이라고. 아침부터 의원님이 어찌나 언짢아하시던지…… 가뜩이나 요새 일이 많아 피곤해하셔서 오랜만에 좀 쉬시러 왔는데 기분 나쁠 만도 하지. 어디서 굴러들어 온 건지도 모르는 부랑자들이 함부로 정원에서 자고 있었으니. 이게 얼마짜리 정원인데!"

별장의 집사인 듯한 남자는 눈을 부라리면서 우리에게 삿대질했다. 남자에게서 술 냄새가 진하게 났다.

솔직히 그 정도로 귀한 정원이면 잘 지키면 될 것을 음주에 근무 태만이라니. 자신의 잘못을 우리에게 떠넘기려고 한 것 같았다. 우리가 별장 안이나 의원 옆에서 잔 것도 아니고, 거의 입구나 다를 바 없는 바닥에서 잠깐 잔 것 가지고 정원이 망가질 것 같지는 않은데 너무한다 싶었다.

부어족들의 표정들이 눈에 띄게 어두워졌다. 달라진 것은 표정뿐만이 아니었다. 얼굴도 달라졌다. 간밤에 모기들에게 뜯긴 얼굴들이 퉁퉁 부어 있었다. 눈두덩까지 물린 이들은 원래의 얼굴을 알아보기도 힘들었다. 마치 애인이나 가족과 헤어져서 한바탕 대성통곡이라도 한 것 같은 얼굴들이었다. 그런 얼굴로 집사에게 혼나고 있으니 서럽기도 했다.

먼발치에서 셰퍼드 한 마리가 정원을 어슬렁거렸다. 지금 우리는 그 셰퍼드만도 못한 처지였다. 솔직히 말하면 우리가 와도 한 번도 짖지 않았던 개가 저렇게 귀한 대접을 받을 자격이나 있는지 의심스러웠다. 셰퍼드 역시 근무 태만 죄가 성립될 것 같았다.

역시나 두윤이 또 참지 못하고 나섰다. 손에는 깃발을 야무지게 든 채였다.

"아니, 일부러 그런 것도 아닌데 그렇게 사람 무시해도 됩니까?"

두윤은 깃발을 땅에 몇 번씩이나 찍으면서 말했다. 깃발을 찍을 때마다 잔디가 조금씩 파였다. 분을 이기지 못해 두윤의 말끝이 떨려 나왔다. 집사는 두윤의 말을 듣고 있지 않았다. 오히려 파헤쳐지는 잔디와 두윤이 들고 있는 깃발을 가리키면서 혀를 찼다.

"알고 보니 부어족들이구먼. 집도 없는 것들이 서명은 무슨 서명…… 오지랖도 넓지."

"서명해 줄 것도 아니면서 무슨 참견입니까?"

"두윤 군, 그만하지. 우리가 남의 집에 들어온 건 사실이니까. 정리하고 얼른 나가자고."

대장이 옆에서 점잖게 말렸다.

"지금 우리가 부어족이라고 무시하는 거잖아요!"

두윤이 들고 있던 깃발을 내던졌다. 깃발이 집사의 왼쪽 어깨를 스쳐 바닥에 떨어졌다. 자신 쪽으로 날아오는 깃발을 본 집사도 두윤에게 화를 냈다.

"어디서 배워 먹은 버릇이야? 어른 앞에서 물건을 집어 던져?"

"잘난 어르신께서 먼저 시작하셨거든요?"

두윤이 몸을 앞으로 내밀었다. 나와 경수가 두윤을 양쪽에서 잡았다. 혜연도 울상이 되었다. 집사는 안 되겠다 싶었는지 두 팔을 걷어붙였다. 그러다가 상대방이 다수라는 것을 깨달았는지 별장 쪽으로 돌아섰다.

"두고 보자. 당장 경찰에 신고할 테니."

집사가 몸을 돌리자 혜연이 작게 한숨을 쉬었다. 안도의 한숨이었다.

그때, 자기 쪽으로 오는 집사를 본 셰퍼드가 짖기 시작했다. 짖기만 한 것이 아니라 날뛰기도 했다. 그사이에 우리는 재빨리 침낭을 정리하기 시작했다. 집사가 경찰에 신고하러 간 사이에 도망갈 생각이었다.

그런데 집사의 양옆을 뛰어다니던 셰퍼드가 공중으로 솟아오르던 순간 목줄이 툭, 끊어지는 소리가 들렸다. 몸이 자유로워진 셰퍼드가 긴 혀를 빼물고 침을 흘리면서 돌진하기 시작했다. 하필이면 방향이 우리 쪽이었다. 집사의 옆도 너끈히 지나쳐 집사조차도 반응할 사이가 없었다.

"뛰어!"

셰퍼드가 우리 쪽으로 뛰어오는 것을 본 대장이 외쳤다. 모두 혼비백산해서 도망쳤다. 바닥에 깔린 침낭도 다 정리하지 못한 상태였다. 제대로 된 술래잡기였다.

술래가 된 셰퍼드는 기쁨을 주체하지 못하는지 몸을 곧추세운 채 날뛰었다. 가끔씩 드러나는 윗니가 날카로웠다. 셰퍼드가 좀비는 아니지만, 저 이빨에 박히는 순간 셰퍼드처럼 똑같이 날뛰게 될 것 같았다. 순식간에 생명의 위협을 느꼈다. 어디로든 숨어야 했다. 무작정 달렸다. 셰퍼드를 피해서 간다는 게 정원 쪽으로 깊숙이 들어가는 꼴이 되었다. 무모하게 적진으로 돌진하는 상황이었다.

"컹컹! 컹컹!"

우리가 도망가는 동안에 셰퍼드는 침낭 사이를 자유롭게 뛰어다녔다. 셰퍼드는 모기처럼 우리의 살을 물어뜯기 위해 안달 난 것 같았다.

부어족들은 정원을 벗어날 생각도 하지 못하고 그 안에서 흩어졌다. 정원과 별장 사이에 있는 울타리를 넘는 이들이 가장 많았다. 급한 마음에 호수로 뛰어드는 이들도 있었다. 나도 이미 빠져 버린 넋을 찾지 못한 채 걸음을 헛디뎠다. 대장과 두윤을 찾을 겨를도 없었다.

"꺄악!"

"미쳤어!"

"제기랄!"

"엄마야!"

"살려 주세요!"

"으어억!"

다들 다채롭고 다양한 비명을 질렀다. 늘 침착했던 내현마저 소리를 지르고 있었다. 소리를 지르면서도 카메라 셔터를 연속해서 누르고 있는 것이 우스꽝스럽기도 했다.

나는 도망가는 와중에도 혜연을 찾았다. 혜연은 멀리 가지 못했다. 두 손으로 귀를 막은 채 겨우 개집 뒤에 숨어 있었다. 나는 재빨리 혜연에게 가 혜연의 손을 잡고 일으켰다. 다리가 풀렸는지 혜연이 일어나자마자 주저앉았다. 혜연을 안다시피 일으켜서 울타리 쪽으로 갔다. 혜연의 허리를 잡고 들어서 울타리를 넘겨 주었다. 혜연을 넘긴 뒤 나도 울타리를 넘기 위해 몸을 솟구쳤다. 셰퍼드가 짖는 소리가 점점 가까워졌다. 이마에 식은땀이 났다. 다리 쪽에서 셰퍼드의 이빨이 부딪치는 소리가 났다. 셰퍼드에게 다리를 물렸을 때 어떤 감각일지 잠깐 눈을 감고 생각했다. 저절로 이가 악물렸다. 앙다문 입으로 내가 울타리를 넘자마자 경찰차의 사이렌 소리가 들려왔다.

집사의 신고로 온 경찰은 집사와 합세해서 셰퍼드부터 잡아야 했다. 마약이라도 먹은 것처럼 흥분한 셰퍼드의 눈을 가리기 위해 보자기가 머리 위로 씌워졌다. 잡혀서 목줄이 다시 채워진 셰퍼드는 입에 거품을 물고 있었다.

우리는 울타리 너머에서 그런 모습을 보고 몸을 떨었다. 우리를 보고도 짖지 않았던 얌전한 모습은 상상조차 할 수 없었다. 바닥에 널브러진 침낭들에는 셰퍼드의 발자국들이 낭자했다. 집을 철거당하고 쫓겨난 로마족의 심정이 이때만큼은 조금 이해될 것 같았다. 진짜 집을 찾을 때까지 임시로 집이 되어야 할 침낭들이 마구 짓밟혔다.

무표정한 얼굴로 수첩을 들고 있는 경찰에게 집사가 말했다.

"평소엔 정말 얌전하고 순한 녀석입니다. 간밤에 저 부어족들만 침입하지 않았어도……."

그가 흐린 말끝에는 주저함보다는 단호함이 섞여 있었다. 뻔뻔스러운 침입자들, 이라는 말이 생략된 것 같았다.

경찰은 우리를 돌아보며 말했다.

"순례는 허가받고 하는 겁니까?"

"순례에 허가가 필요하다는 말은 듣지 못했습니다."

대장이 한 걸음 나서서 말했다. 우리는 서로 눈치만 살피고 있었다. 시선은 여전히 엉망이 된 침낭 위로 가 있었다.

"다른 사람들이야 그렇죠. 부어족들은 집을 찾는답시고 함부로 주거 침입을 하기 때문에 각별히 주의가 필요합니다. 조만간 순례할 때도 신고제가 도입된다고 하니 앞으로 조심하십시오."

다행히 경찰은 훈계 정도로 이 상황을 마무리하려는 것 같았다. 발걸음을 돌리려는 경찰에게 집사가 항의했다.

"아니, 저 사람들 때문에 정원이 다 망가졌는데 그건 누가 보상해 줄 겁니까? 이대로 저들을 보내려는 건 아니겠지요?"

"정 억울하면 고소하든가."

두윤이 낮게 내뱉었다. 정말로 어떤 상황에서도 하고 싶은 말을 다 하는 성격인 것 같았다. 두윤의 입을 막아 버리고 싶었다. 다행히 집사는 그 말을 듣지 못했는지 경찰에게만 따지고 있었다.

경찰은 관자놀이를 문지르며 말했다.

"저들이 불쌍하지도 않습니까, 마땅한 집이 없어서 저렇게 헤매고 다니는데 정원에서 하룻밤 재워 주는 것도 어렵다니……."

그 순간 우리가 『레미제라블』에 나오는 장발장이라도 된 것 같았다. 비참한 사람들. 이보다 더 비참할 수는 없었다.

고개를 숙였다. 숙인 고개로 곁눈질하니 대부분 다 고개를 숙이고 있었다. 침낭은 넝마처럼 바닥에 내팽개쳐져 있고 어느새 떠오른 해 때문에 날은 더웠다. 머리카락 속까지 땀으로 가득 찼다. 현기증이 났다. 모기에게 뜯긴 부분이 아직도 간지러웠다. 더 긁으면 피가 날 것 같아 손바닥으로 살짝 때렸다. 때리는 소리가 생각보다 크게 나서 어깨가 움찔거렸다. 다시 목이 말랐다. 물 한 모금을 입에 댈 수 있다면 영혼이라도 팔 수 있을 것 같았다. 다른 게 고문이 아니었다. 내 옆에 있던 혜연이 휘청거렸다. 모기 물린 자리를 때렸던 손으로 얼른 혜연의 팔을 잡아 주었다.

집사는 투덜거리면서 어디론가 전화를 걸었다. 전화를 걸자마자 의원이 자신의 앞에 있는 것도 아닌데 의원님, 이라고 말하면서 허리를 연신 굽실거렸다. 전화를 끊은 집사의 표정은 거만하게 변해 있었다. 방금 전까지 굽실대던 행동과 대비되면서 이번에는 지킬과 하이드를 보는 것 같았다.

"오늘 저녁에 귀빈들이 오기로 되어 있어서 그 준비 때문에 더 이상 시간을 끌지 말라고 하십니다. 특별히 보내 드리겠습니다. 피해 보상 청구 안 한 걸 다행으로 아십쇼."

우리는 집사가 의원에게 했던 것처럼 집사에게 연신 허리를 숙였다. 나는 그 와중에도 꼿꼿하게 펴고 있으려던 두윤의 허리를 눌러서 억지로 굽혀 주는 것을 잊지 않았다. 대장도 억지웃음을 짓고 있었다.

경찰은 일 하나가 무사히 해결되었다는 것에 안심하고 피곤해 보이는 얼굴로 돌아갔다. 사이렌 소리가 멀어지는 것과 동시에 집사도 미련 없이 정원 안쪽으로 돌아갔다.

집사의 등이 보이자마자 모두 달려가 침낭부터 집어 들었다. 서로 걸음이 엇갈리거나 자리를 못 찾아 망설이는 일 하나 없었다. 나도 단번에 내 자리를 찾았다. 최저 가격으로 산 침낭답게 개의 발톱에 찢긴 부분이 많았다. 빗줄기 같은 실선들이 침낭에 여러 개 새겨져 있었다. 침낭을 집어 들자 셰퍼드의 침으로 추정되는 맑은 분비물이 내 발등 위로 떨어졌다. 재빨리 신발을 흔들어서 침을 털어 냈다.

각자 자신의 침낭을 챙기자마자 모두 정원을 나섰다. 의원은 끝까지 모습을 보이지 않았다.

일단 저택을 벗어나고 싶은 생각에 모두 걸음이 빨라졌다. 십 분 정도 뛰듯이 걷고 나서야 평소의 걸음대로 돌아왔다. 다들 지친 상태라 얼마 가지 못하고 쉬어야 했다. 그때, 5조에서 한 여자가 탈진했다는 소리가 들렸다. 탈진한 여자는 내현이었다. 항상 표정이 없었던 얼굴이 붉게 달아올라 있었다. 숨소리가 거칠고 눈동자에도 초점이 없었다.

대장이 내현을 나무 그늘에 눕혔다. 내현을 눕히자마자 목에 걸고 있던 카메라부터 벗겨 냈다. 무거운 카메라까지 메고 다녀서 남들보다 더 빨리 무리가 온 것 같았다. 대장이 물을 찾았지만 하필 물을 가진 사람이 아무도 없었다. 4조 일원 중 한 명이 손수건을 건넸다. 아까 정원에서 호수에 빠졌을 때 젖었던 손수건이라고 했다. 대장이 그것을 받아 내현의 얼굴을 닦아 주었다. 양쪽 볼을 번갈아 두드려 보기도 했다.

사람들이 내현과 대장의 주변을 둘러쌌다. 특히 5조 사람들이 걱정스러운 얼굴로 쳐다보고 있었다.

나는 불경스럽게도 내현의 상태보다 내현의 카메라에 들어 있는 사진들이 더 궁금했다. 내현은 순례가 시작된 뒤부터 줄기차게 사진을 찍었지만 다른 사람들에게 한 번도 보여 준 적이 없었다. 사진을 보여 달라고 말하면 못 나온 사진까지 함께 있어서 부끄러우니, 정리한 다음에 한꺼번에 보여 준다고 단호하게 거절했다. 카메라에 내 모습이 찍혀 있는지도 궁금했다.

다른 사람들이 모두 내현을 돌보고 있는 사이에 구석에 놓여 있던 카메라를 집어 들었다. 무심코 한 손으로 들었다가 카메라를 놓칠 뻔했다. 생각보다 훨씬 무거웠다. 카메라 끈이 팔에 걸리는 바람에 카메라를 무사히 구출할 수 있었다. 입 밖으로 아무 소리도 나오지 않았기 때문에 내가 카메라를 들고 있다는 것을 아무도 몰랐다. 다행이었다.

카메라를 켜고 사진을 볼 수 있는 삼각형 버튼을 눌렀다. 버튼을 누르자 가장 최근에 있는 사진부터 나오기 시작했다. 사진이 나왔을 때 내 눈을 의심했다. 맨 마지막 사진, 그러니까 가장 최근에 찍은 사진은 내 사진이었다. 그것도 얼굴만 클로즈업한 거였다. 얼굴만 나와 있어서 사진만 봐서는 언제 찍었는지도 알 수 없었다. 사진을 찍은 날짜로만 확인할 수 있을 뿐이었다. 다른 사람이 보면 순례하는 모습이라고 절대 생각하지 않을 것 같았다. 풍경도, 행동도 제대로 나타나 있지 않아 어느 장소에나 갖다 놓아도 어울릴 법했다.

다른 사진들을 넘겨 보았다. 걷고 있는 모습이나 사물들, 풍경 사진들은 하나도 없었다. 울고 있는 모습들이나 셰퍼드에게 쫓기고 있는 모습들만 그나마 순례 사진 같아 보였다. 그것도 전신이 나온 게 아니라 표정이 잘 보이도록 얼굴 중심으로 나와 있었다.

가장 많은 것은 바둑판처럼 찍혀 나온 부어족들의 얼굴이었다. 증명사진이나 책날개에 들어가는 프로필 사진이라도 찍으려는 것처럼 보였다. 길거리가 스튜디오가 되고, 우리는 한 명 한 명의 모델이 되어 카메라 안에 박혀 있었다. 아무도 동의하지 않았던 화보 촬영인 셈이었다.

뒤에서 혜연이 부르는 소리에 재빨리 카메라를 껐다. 처음부터 카메라를 보호하기 위해 들고 있었던 것처럼 목에 걸었다. 자연스럽게 시선이 내현에게 먼저 갔다. 그늘에서 쉰 덕분인지 내현의 얼굴에 점점 혈색이 돌아오고 있었다. 내현은 눈을 뜨자마자 카메라부터 찾았다. 내현의 손에 카메라를 들려 주었다. 내현은 탈진한 사람치고는 힘센 기운으로 나에게서 카메라를 빼앗았다. 곧 나를 매서운 눈초리로 노려보았다. 그럴 거면 카메라에 자물쇠라도 달지, 하는 말은 속으로만 삼켰다.

클로즈업 사진들의 정체가 궁금했지만 지금은 묻지 않기로 했다. 지금은 때도 적당하지 않았고, 물어봐도 제대로 대답해 줄 것 같지 않았기 때문이었다.

날이 저물 때까지 다시 많은 시간을 기다려야 했다. 슈퍼나 인가를 찾아 먹을 것을 사 오거나 구해 오기로 한 이들을 제외하고 모두 휴식을 취했다. 나무 그늘에 조별로 앉았다. 다들 말이 없었다. 말할 기운이 없다는 게 더 정확할지도 몰랐다. 다들 나른한 표정이었다. 거울을 보지 않았지만 나는 금방이라도 울 것 같은 표정을 짓고 있을 것이다.

차라리 쉬지 않고 계속 걷는 게 나을 것 같았다. 오래 걸어서 부어오른 종아리가 욱신거렸다. 종아리를 마사지하기 위해 만져 보니 돌덩이처럼 단단했다. 더 부어오르면 그대로 터져 버릴 것 같았다. 조금씩 깜박거리는 잠이 몰려오기는 했지만 구름이 걷히듯이 금방 사라져 버렸다. 아까 내현의 카메라에서 본 사진들이 잊히지 않았다.

주위에서는 휴식 시간을 틈타 지인에게 전화를 걸고 있었다. 나는 전화 걸 사람이 없었다. 나도 지인이라고 부를 수 있는 사람의 목소리를 듣고 싶었다. 다리가 아프니 마음까지 같이 약해진 것 같았다.

곁에서 아까보다 한결 안심한 표정으로 누워 있는 대장에게 물었다.

"대장, 휴대폰 좀 빌려줄 수 있어요?"

"휴대폰 안 들고 왔어?"

"그게 아니라, 휴대폰이 정지되어서요."

"전화비 낼 돈도 없단 말이야? 순례 안 왔으면 큰일 날 뻔했네."

대장은 혀를 차면서 휴대폰을 주었다. 대장의 휴대폰도 유행이 많이 지나 지금은 단종된 제품이었다. 아직도 이런 제품을 쓰는 사람이 있다는 게 신기했다.

가슴 깊숙이 집어넣었던 번호를 끌어내어 소민에게 전화를 걸었다. 늘 마음에 감돌던 한 사람이었다. 소민에게 전화를 걸지 말자고 다짐했던 건 하루도 지나지 않아서 무색해졌다. 전화번호를 누르는 손이 떨렸다. 알고는 있었지만 한 번도 걸어 본 적이 없는 번호였다.

우습게도 그 번호를 알게 된 것은 공용 화장실에서였다. 주인이 고시원을 비운 사이에 화장실이 막히자 소민이 주인 대신 왔다. 소민은 '뚫어 뻥'을 손에 쥐고 있었다. 마침 근처를 지나던 내가 '뚫어 뻥'을 빼앗듯이 쥐었다. 소민은 자신도 잘할 수 있다면서 나에게서 '뚫어 뻥'을 빼앗으려고 했지만 나는 없는 허세를 끌어모아 거절했다. 화장실을 뚫을 때 코로도, 입으로도 숨을 쉬지 않았다. 소민은 사양하는 것을 포기하고 화장실 밖에서 고개만 내민 채 안을 바라보고 있었다.

화장실을 뚫는 법은 진작부터 꿰고 있었다. 물 밖에서만 '뚫어 뺑'을 움직였다간 힘만 빠질 뿐 소득이 없었다. 변기 구멍에 최대한 가까이 '뚫어 뺑'을 갖다 대고 있는 힘껏, 여러 번 움직여야 했다. 그래도 안 되면 샴푸를 변기 안에 풀면 되었다. 십 초도 안 되어 시원한 소리를 내면서 물이 내려갔다. 소민에게 자랑스러운 얼굴로 '뚫어 뺑'을 건넸다. 다음부터 화장실이 막히면 언제든 말해 달라고 하면서 내 번호를 알려 주었다. 소민이 휴대폰에 내 번호를 입력했다. 곧바로 통화 버튼을 눌렀다. 내 휴대폰에 소민의 번호가 찍혔다.

고시원에서는 그 번호를 누른 적이 한 번도 없었다. 언제라도 누를 수 있으니까, 하면서 계속 미뤄 두었다. 모든 건 타이밍이었다. 지금 전화해 봤자 내가 말할 수 있는 건 아무것도 없었다. 화장실 변기조차도 뚫어 줄 수 없는 처지였다. 그래도 소민의 목소리가 듣고 싶었다.

신호음이 여러 번 울렸지만 소민은 전화를 받지 않았다. 음성 사서함으로 넘어가는 안내 음성이 들렸다. 전화를 끊었다. 차라리 다행이었다. 미로에 처박힌 내 모습을 소민에게 보여주지 않는 것이 좋을 것 같았다. 대장에게 휴대폰을 돌려주었다. 소민과 나도 지금 술래잡기하는 중이라고 마음 편하게 생각하기로 했다.

문득 외로웠다. 부어족들 사이에 있어도 단 한 사람이 없으니 외로움이 사무쳤다. 같은 조 사람들도 아직은 가깝다는 느낌이 들지 않았다. 혜연은 다가가기 어렵고, 두윤은 거부감이 들었다. 대장은 어색했다. 여기서도 나는 철저히 혼자였다. 어디에서든 베돌이 같았다. 세상에는 술래잡기가 너무나 많았다.

어쩌다, 청춘

지금까지 몰랐던 술래잡기는 또 있었다. 음식을 구하러 간 이들은 영원히 돌아오지 않았다. 음식을 사 오라고 준 상당한 양의 회비도 못 돌아왔다. 돈도, 사람도 가로새 버렸다. 그들은 내현과 같은 5조였던 두 남자였다. 너무 평범하게 생겨서 얼굴도 기억나지 않았다. 내현이 탈진했을 때 내현의 옆에서 걱정스러운 얼굴로 쳐다보다가, 음식을 사 오라고 했을 때 가장 먼저 손을 번쩍 들고 지원했던 것만 기억났다.

슈퍼를 갔다 오는 것이 아니라 텃밭에서 채소를 뽑거나 공장에서 물건을 만들어 올 정도로 상당한 시간이 흘렀을 때, 대장은 눈을 번쩍 뜨고 외쳤다.

"먹튀로군!"

그 말에 한가롭게 땀을 식히고 있던 부어족들이 모두 대장 쪽을 보았다.

"그게 무슨 말이죠?"

두윤이 말하기도 전에 미간부터 찌푸린 채 물었다.

"우리 회비의 반이 증발했다는 소리지."

"아니, 뭘 믿고 회비를 그렇게나 많이 줬어요?"

"이런 데서는 편의점을 찾기 힘드니까, 한꺼번에 많이 사서 쟁여 놓으려고 한 것이 그만……."

대장이 머리를 긁적였다. 거대한 함선의 선장 같은 이미지였던 대장의 얼굴이 순간 멍해 보였다. 이번이 첫 순례도 아닌데 덜컥 회비의 반이나 맡겨 버린 배짱에 헛웃음도 나오지 않았다. 부어족들의 표정이 날카로워졌다. 얼굴이 시뻘게지도록 소리를 지르며 화를 내는 이도 있었다. 혼잣말로 욕을 중얼거리거나 대장을 노려보는 이들도 있었다. 두윤은 뭐라고 할 것처럼 입술을 씰룩였지만 아무 말도 하지 않았다. 말해 봤자 힘만 빠질 거라고 예상한 것 같았다. 회비를 잃어버렸으니 제대로 된 식사는 당분간 꿈도 못 꿀 것 같았다.

"잃어버린 회비는 내가 어떻게 해서든 보충할 테니 너무 절망하지들 말라구. 계속 가 볼까?"

대장의 말에 모두가 아우성쳤다.

"더 이상 움직일 힘도 없어요."

"맞아요. 그냥 다 포기하고 싶어요."

"우리가 뭐 순례를 일주일을 했어, 한 달을 했어? 사흘 만에 죽는소리나 하고, 약해 빠져 가지곤."

몇몇 부어족들의 넋두리를 들은 두윤이 날카롭게 외쳤다. 두윤은 어느새 대장의 말투를 닮아 가고 있었다.

그 말에 울먹거리듯이 말하던 이들이 입을 다물었다. 입술을 지그시 감쳐문 모습들이 많은 말들을 숨기고 있었다. 시베리아 바람이 분 것처럼 분위기가 싸늘해졌다.

두윤처럼 하는 건 좋은 방법이 아닌 것 같았다. 사람들을 달래야겠다는 생각이 들었다. 나서는 건 싫어해서 최대한 조용히 있고 싶었지만, 낙오되기 전까지 좋게 지내다가 가고 싶은 마음이 더 컸다. 마음을 곱게 써야 낙오될 가능성이 더 많을 것 같기도 하고.

"절박할수록 더 큰 힘이 날지도 몰라요. 편하게 놀러 온 게 아니라, 정말 절실해서 온 거잖아요?"

내 말에 혜연이 내 눈을 똑바로 쳐다보는 게 느껴졌다. 주먹 쥔 손에서 땀과 함께 힘도 났다.

"저……."

누워 있던 내현이 팔꿈치로 몸을 짚은 채 힘겹게 일어나며 말했다. 손가락으로는 자신의 배낭을 가리키고 있었다.

"……많지는 않지만 배낭 안에 비상식량이 있어요. 일단 그

거라도 나눠 먹으면서 요기하죠."

내현의 옆에 있던 사람이 그 말이 끝나기도 전에 배낭을 열어 물건을 뒤지기 시작했다. 치켜 올라간 눈썹, 벌름거리는 콧구멍, 벌어진 입, 아귀와도 같은 모습이었다. 사람이 굶주리면 금방 본모습을 잃어버린다는 것을 실감하는 순간이었다. 가면이라도 쓴 것처럼 그 얼굴은 섬뜩했다. 나중에는 그 사람이 남자인지 여자인지조차 기억나지 않았지만 배낭을 뒤지던 때의 표정만큼은 오랫동안 잊히지 않았다.

그 사람은 배낭에서 금박에 싸인 작은 네모 뭉치를 여러 개 꺼냈다. 치즈 맛의 '칼로리 바란스'였다. 딱 다섯 덩이가 있었다. 한 조에 한 덩이씩 칼로리 바란스가 배급되었다.

내 몫을 받자마자 황금색 껍질을 열었다. 귀한 과일의 껍질을 벗기듯이 설레는 기분까지 들었다. 껍질 안에는 길게 생긴 두 조각의 내용물이 있었다. 긴 것을 다시 반으로 잘라 네 등분을 했다. 한 사람이 손가락 두 마디만 한 칼로리 바란스를 먹게 되었다.

한꺼번에 먹으면 목이 막히기 때문에 쥐가 치즈를 갉아먹듯이 가장자리부터 조금씩 갉아서 침으로 녹였다. 먹다가 목이 막혀도 어쩔 수 없었다. 목마르다고 해도 먹을 물이 없었다. 빗물은 한 번도 먹어 본 적이 없었지만 산성비라도 좋으니 비라도 한번 시원하게 왔으면 싶었다. 출발한 뒤로 비는 단 한 번도 구경하지 못했다.

지금 당장 돌아갈 집이 있다면 얼마나 행복할까. 지붕과 벽이 있는 번듯한 집을 가진 모든 이들이 부러웠다. 민기도 주택 매니저로 새로 간다고 했으니 안정적인 모양을 갖춘 집에서 살고 있을 터였다. 뻔뻔해 보일 수도 있지만 거기에라도 얹혀 있고 싶었다. 역시 민기의 전화번호를 알아 왔어야 했다. 자존심이고 뭐고 이 상황만 벗어나면 소원이 없을 것 같았다. 빌어먹을 정도로 작은 크기의 과자를 빌어먹는 처지 말이다.

그런 와중에도 구원과도 같은 칼로리 바란스는 맛있었다. 다들 칼로리 바란스를 갈신쟁이처럼 갉아 먹고 있었다. 과연 그것이 절대적으로 모자란 칼로리에 '바란스'를 맞춰 줄지는 의문이었지만 당장 걸어갈 힘을 내게 해 줄 것 같았다. 배를 조금 채우고 나자 비로소 더위가 온몸으로 느껴졌다. 땀을 많이 흘려서 입이 말랐다. 입술을 침으로 적셨다.

대장은 일찌감치 자기 몫의 칼로리 바란스를 먹어 치운 뒤 일기를 쓰고 있었다. 기록하는 걸 어지간히 좋아하는 것 같았다. 내현은 계속 바닥에 누워 있었다. 일기를 짧게 썼는지, 아니면 쓰다 말았는지 대장이 금방 수첩을 덮은 뒤 말했다.

"그러고 보니 자기소개도 제대로 안 하고 급하게 출발한 것 같군. 이제부터 쉴 때마다 돌아가면서 자기가 왜 부어족이 되었는지, 여기를 어떻게 알고 참가하게 되었는지 말해 볼까? 말할 힘도 없다고 생각할 수 있지만, 오히려 말을 할수록 없던 힘도 생겨. 다른 사람의 얘기를 듣는 것도 힘이 나고. 침묵이 가장 힘 빠지지."

"……."

"자기소개하는 게 싫고 부끄러울 수도 있겠지만, 때로는 털어놓는 게 속 시원할 수도 있으니. 나부터 먼저 시작하겠네."

대장은 우리의 대답은 들을 생각도 하지 않고 이야기하기 시작했다.

나는 사업 실패의 달인이었지. 실패에도 달인이 있다는 게 우스울지 모르겠지만 어떤 극한 상황에서도 반드시 실패하는 능력을 지녔으니, 그것도 능력이라고 생각하면 달인 정도의 경지라고 볼 수 있겠다.

대학에 가는 것은 등록금에 비해 기회 비용이 너무 크다고 생각해서, 등록금만큼의 대출을 받아 떡볶이 장사부터 시작했어. 떡볶이가 재료도 별로 안 들어가는 것 같고 만들기도 쉬워 보였거든. 주황색 천막을 쳐서 만든 가게의 이름은 '청년 떡볶이'였지. '청년 떡볶이'는 결론부터 말하자면 지독하게 맛없었어. 고추장과 케첩이 버무려진 양념은 달지도 맵지도 않은 그저 짠맛이었고, 떡은 씹히는 맛 하나 없이 물크러

졌지.

장사를 시작하기 전에 떡볶이를 단 한 명에게라도 먹여 봤다면 장사를 접을 기회가 있었을 거야. 단 한 명이 누구든 분명히 날 말렸을 테니. 하지만 부모는 일찍 세상을 떠났고, 중고등학교 친구들은 성공하기 전에 만나자고 하기가 부끄러워 맛을 보게 할 사람이 없었어.

결국 공식적인 첫 손님에게 제일 처음으로 맛을 보여 줄 수밖에 없었지. 무모한 실험이나 마찬가지였어. 그 손님은 떡볶이를 한 입 베어 물자마자 인상을 찡그렸어. 곧 입에 있던 떡을 휴지에 뱉고, 물만 세 컵 연달아 마셨고. 그러고는 돈을 줄 수 없다고 했어. 첫 손님이 나가면서 했던 말은 '최소한 사람이 먹을 수 있는 걸 만들어야지'였네.

그다음 손님도, 그다음 다음 손님의 반응도 마찬가지였어. 결국 장사를 시작한 첫날 단 한 접시의 떡볶이도 팔지 못했어. 아무도 돈을 줄 생각을 하지 않았거든. 스무 접시의 떡볶이를 만들었음에도 불구하고 남은 것은 쌓여 있는 물컵들과 내놓았던 그대로 남아 버린 떡볶이의 잔해들뿐이었지. 나도 허기질 때마다 손님들이 남기고 간 떡볶이를 먹어 봤어. 입안에서 버무려지는 맛이 나쁘지는 않았는데……. 하지만, 나 역시 손님들처럼 물을 들이켤 수밖에 없었어. 돈 받고 팔 음식은 아니었던 거지.

결국 떡볶이를 포기하고 똑같은 천막에서 옷을 팔기로 했어. 동대문에서 새벽에 옷을 대량으로 떼 와서 가판에 늘어놓고 팔았어. '청년 옷가게'로 간판을 바꿔야 했지만, 그럴 시간이 없어 떡볶이가 적힌 간판 아래에서 옷을 팔았지. 간판을 바꾸지 않은 걸 성의 없음의 표시라고 생각한 손님들 때문에 장사가 망했다고 생각했으면 마음이 좀 편했을까?

아니, 그런 핑계를 댈 수는 없었지. 불행하게도 나한테는 옷을 고르는 안목 또한 없었어. 그 점을 알아본 동대문 도매시장에서는 누구도 사 가지 않을 것 같은 옷들만 나에게 주었고. 옷을 보러 온 손님들이 입으라고 파는 거 맞냐고 항의할 정도였어. 티셔츠는 무릎까지 덮을 정도로 길었고, 프린트된 그림도 기하학적인 무늬들이 두서없이 나열되어 있어 조잡했어. 프릴들은 줏대 없이 많이 달려 있었고 바지 길이도 유행이 지나 촌스러워 보였지. 손님들은 호기심에 들어왔다가 고개를 흔들면서 나갔어. 장사가 되지 않는 건 당연했지…….

이번에도 팔기 위해 진열해 놓은 옷들을 입어 보았어. 그 옷들은 나한테 그런대로 잘 어울렸어. 그것이 나 같은 얼굴에만 잘 어울린다는 걸 깨달았을 때는 이미 엄청난 적자가 난 뒤였고.

그 뒤에도 난 천막을 포기하지 못하고 그곳에서 머리핀을 팔고, 양말을 팔고, 사과를 팔았어. 사업이 하나씩 실패할수록 물건의 양도 점점 줄어들었어. 손님들 수도 따라서 줄어들었지. 내 집도 원룸에서 고시원으로, 고시원에서 찜질방으로, 찜질방에서 천막으로 줄어들어 버렸고. 결국 마지막에 남은 건 천막 하나뿐이었어.

최후의 수단이라고 생각했던 뻥튀기 장사까지 말아먹은 뒤 난 천막을 어깨에 짊어지고 원래의 자리를 떠났어. 근처에 있던 공원에 가서 바닥에 천막을 깔고 잤지. 떡볶이 간판은 베개로 삼고. 천막을 펴는 순간 또다시 다른 장사를 하고 싶을 것 같아 깔고 잔 천막을 절대로 펴지 않았어. 이제 내 인생에서 남은 것은 천막과 간판을 침구 삼아 하루하루를 버티는 것뿐이었어. 한 번만 더 장사했다가는 물건이 아니라 나 자신을 팔게 될 것 같아서…… 현상 유지라도 해야 했지.

얼굴과 몸을 가릴 게 없어 비와 눈을 그대로 맞았어. 얼굴을 뒤덮은 수염에 빗물과 눈 녹은 물이 고여 있기도 했고. 내 몰골을 보고 지나가는 사람들이 동전을 던져 주기도 했어. 그 동전들을 모아 편의점에서 빵을 사 먹거나, 자판기에서 밀크 커피를 뽑아 먹으면서 배를 채웠지. 돈을 받기만 하지 말고 돈을 벌기 위해 뭔가를 해야 했지만 엄두가 나지 않았어. 연속된 실패로 극심한 무기력 상태에 빠져 있었던 거야. 우울증에 걸리기 직전의 상태였지.

어느 날은 그 돈조차도 없어 배를 움켜쥐고 잠들었어. 그 모습을 보던 한 아주머니가 나한테 컵을 내밀었어. 컵 안에는 진한 고동색 커피가 가득 담겨 있었어. 리어카를 끌고 와 공원에서 커피와 아이스크림을 팔던 아주머니였어. 다른 사람들이 종종 사 먹는 걸 봐서 아주머니의 얼굴도 낯익었지. 아주머니의 커피를 한 번쯤 마셔 봐야지, 했는데 공원에서 여유롭게 쉬고 있는 사람들과 섞여 있는 게 부끄러워서 자판기에만 갔었네.

마침 배가 고프고 목이 말랐던 차라 사양하지 않고 컵을 받아 단숨에 마셔 버렸어. 다행히 커피는 식어서 미지근한 상태라 혀가 데지는 않았지.

그런데, 커피가 인간적으로 정말 맛없었어. 간이 제대로 되어 있지 않고, 밍밍하고 쓰기만 했지. 이런 걸 돈 받고 팔다니! 제대로 화가 치밀었어. 비로소 내가 만든 떡볶이를 먹었던 첫 손님의 말을 이해할 수 있을 것 같았어. 적어도 사람이 먹을 수 있는 커피를 만들어야지!

나는 자리에서 벌떡 일어나 아주머니에게 갔어. 그리고 이렇게 말했어.

- 제가 한 수 가르쳐 드리겠습니다.

난 바로 그 자리에서 커피를 말기 시작했어. 먼저 커피와 설탕과 프림 통의 양을 눈높이에서 쟀어. 그다음 눈을 감고 재료들을 각각 몇 스푼씩 넣을지 가늠했지. 그리고 감았던 눈을 비장하게 떠서 커피 두 스푼, 설탕 두 스푼, 프림 두 스푼을 넣었어. 결과적으로 모두 두 스푼씩 넣는 셈이었어. 옆에서 아주머니가 아까운 재료를 왜 그렇게 낭비하느냐며 새된 비명을 질렀지만 그 말을 무시했어. 자고로 맛있는 다방 커피의 비율은 '듬뿍'에 있었기 때문이었지. 아끼지 않아야 남는 법이야. 뜨거운 물을 컵의 반이 넘는 정도로 부었어. 아주머니는 내 진지한 얼굴을 보고 더 이상 아무 말도 하지 못했어.

나는 아주머니 쪽은 쳐다보지도 않고 스푼을 시계 반대 방향으로 돌려 커피를 저었어. 한 김 빠져나가도록 하면서 커피 알갱이 한 알 남기지 않도록 알뜰하게 저어야 했어. 커피를 젓는 것에도 장인 정신이 필요했지. 김이 적당히 나면서 커피의 색이 부드러워졌을 때 우유도 약간 넣었지. 우유가 신의 한 수야. 밀크 커피니까 이름답게 우유도 약간 넣어 줘야지.

그 뒤에 아주머니에게 컵을 내밀었어. 마시는 사람보다 먼저 맛을 보지 않는 배짱까지 겸비한 행동이었지. 아주머니는 미간을 찌푸리면서 컵을 받았어. 엄청난 불신의 표정이었달까? 하지만 한 모금 마셨을 때 아주머니의 표정이 바로 바뀌었어. 마법처럼. 미간에 있던 주름이 펴지면서 양쪽 입가가 올라가기 시작한 거야.

- 이렇게 맛있는 커피는 처음이야!

그때 난 역시 모든 건 '바란스'구나, 하는 것을 깨달았어. 그리고 또 하나 깨달았어. 난 음식은 못 만들어도 커피는 잘 만드는구나!

커피도 음식에 포함될 수도 있겠지만, 어쨌든 난 그때야 내 적성을 찾게 된 거야. 바리스타에 소질이 있었던 거지. 정식으로 교육을 받은 적은 없었지만.

다음 날부터 난 아주머니와 동업을 시작했어. '청년 커피' 가게는 유난히 진지한 내 모습으로 인기를 끌었어. 테이크아웃 커피 대신 '청년 커피' 종이컵을 들고 공원에 앉아 있는 이들이 늘었지. 단돈 오백 원만으로 환상의 배합을 맛볼 수 있다는 게 매력적이었을 거야. 물론 지금은 테이크아웃 커피점도 많아져서 아메리카노는 이천 원 이하로도 마실 수 있지만, '청년 커피'에는 다른 매력이 있었지.

"그 매력이 뭔지 궁금하지 않아?"
"모르겠는데요."
"……외모는 아닌 것 같고……."
"어허, 그런 비하 발언 말고."
"맛이 그렇게 좋았어요? 자판기 커피랑 뭐가 다른 거지?"
"옛날 다방에서처럼 노른자 띄워 주는 것도 아니고……."

여기저기에서 목소리들이 튀어 오르자 대장이 오른쪽 손바닥을 들어 목소리들을 멈추게 한 뒤 말을 이었다.

'청년 커피'의 매력은 바로 자연 속에서 커피를 마실 수 있다는 거였어. 여유를 사는 거라고나 할까? 예전에 유행했던 말을 버무리면 음, 힐링 카페라고 할 수도 있고.

내가 가져온 천막을 나무에 해먹처럼 매달아 그곳에 앉아서 커피를 마실 수 있게 만들었어. 다섯 명까지만 앉을 수 있는 VIP석이었지. 흔들리는 의자에 앉아 빙수를 먹게 했던 옛날 가게가 생각나 빌려 온 아이디어였어. 연인들이나 가족들이 앞다투어 앉으려고 하는 바람에 앉는 시간을 한 시간 이내로 정해 놓아야 했지만. 펜션에 놀러 가서 커피 마시는 기분이랄까? 나무에 달아 놓으니 천막도 빛나 보였어. 커피를 쉬지 않고 타느라 가뜩이나 굵은 팔뚝은 부담스러울 정도로 더 굵어졌어. 그래도 신났지.

천막 의자가 있는 '청년 커피'는 근린공원의 명물이 되었어. 단골에게는 간혹 커피를 무료로 주기도 했어. 처음에 나에게 무료로 커피를 주었던 아주머니의 선행을 모방한 행동이었지. 가끔 침낭을 멘 부어족들이 공원을 지나가기도 했어. 그때까지도 내가 부어족이 될 거라고는 상상도 못 했어. 난 그들에게도 커피를 주었어. 그들은 그 누구보다도 커피를 달게 마셨지.

고양이를 보기 위해 왔다가 온 김에 커피를 마시고 가는 사람들도 있었어. 고양이와 사람이 있는 풍경에 꽃까지 있으면 완벽할 것 같아 씨앗을 사서 둘레에 꽃을 심기도 했어. 잔디는 많았어도 꽃은 유난히 없던 공원이라 '청년 커피' 주변에만 있는 꽃들은 눈에 띄었어.

내 얼굴은 비록 험상궂게 생겼지만, 얼굴과 다르게 낭만적인 대사를 내뱉기도 했어. 지금 생각하면 낯간지럽지만 그때는 그런 말들이 자연스럽게 잘도 나왔지. 우리 가게의 홍보 포스터는 천연의 햇살이라고 하거나, 우리 가게의 커피는 한 움큼의 여유라는 식으로 손님들에게 이야기했어.

한 달에 한 번씩은 시 낭송을 하기도 했고. 돌아가면서 김용택이나 함민복, 나희덕의 시를 읊었었지.

"그때 읊었던 시 한 수 낭송해 줄까?"

대장은 말을 끊고 갑자기 눈을 감은 채 시 한 편을 읊기 시작했다. 우리가 대답할 사이도 없었다. 여전히 우리의 의견은 중요하지 않았다.

대장이 읊은 시는 나희덕의 「산속에서」였다. '길을 잃어보지 않은 사람은 모르리라 / 터덜거리며 걸어간 길 끝에 / 멀리서 밝혀져오는 불빛의 따뜻함을 // 막무가내의 어둠속에서 /

누군가 맞잡을 손이 있다는 것이 / 인간에 대한 얼마나 새로운 발견인지'라는 구절로 시작하는 시였다. 계속 걸어갈 수 있게 해 준다는 마지막 구절까지 낭송한 대장은 감았던 눈을 천천히 떴다.

솔직히 말하자면, 대장의 목소리가 시와 잘 어울려서 놀랐다. 다른 부어족들도 놀란 표정이었다. 잃어버린 회비를 잠시 잊을 정도로 대장의 목소리는 감미로웠다. 우리의 표정을 본 대장은 만족스러워했다.

"따지고 보면 우리도 막무가내의 어둠 속에서 길을 잃고, 집이라는 먼 불빛을 찾고 있는 셈이네요. 우리의 상황과도 잘 어울리고."

나도 모르게 이 말을 입 밖에 내 버렸다.

"지욱한테도 낭만적인 구석이 있네."

내 말을 들은 대장이 나를 칭찬한 뒤 말을 이었다.

'청년 커피'를 시작한 지 얼마 안 되어 천막살이에서 벗어나 찜질방에서 잘 수 있게 되었어. 한두 달만 더 하면 고시원에도 들어갈 수 있을 것 같았고, 집의 크기가 원룸으로 불어나는 꿈까지 꾸게 되었어. 이제야 실패의 달인에서 벗어나는 것 같았지.

"그런데 왜 부어족이 되었어요?"

다시 시작된 이야기의 맥을 금방 끊어 버리고 혜연이 끼어들었다. 눈을 동그랗게 뜬 채였다.

"인내심 없기는. 이야기는 끝까지 들어 봐야 아는 법이지."

옆에서 두윤이 팔짱을 낀 채 말했다. 대장이 고개를 끄덕이며 말했다.

이야기가 여기에서 끝이었다면 한 청년의 창업 후기로 영광스럽게 남을 수 있었을 테지. 하지만 실패의 달인답게 난 전혀 실패할 수 없을 것 같은 상황에서도 실패할 수 있는 능력을 지녔어. 이번에도 예외는 없었지.

커피를 만 잔 정도 팔고 났을 때쯤의 시기였어. 제대로 된 가판대 하나 없이, 달랑 커피 재료가 담겨 있는 통과 천막 하나뿐인 '청년 커피'가 의외로 장사가 잘되자 주변에 있던 테이크아웃 가게들이 반란을 일으키기 시작했어. 자신들은 세금을 꼬박꼬박 내고 장사하는데 '청년 커피'는 세금도 안 내고 수익을 모두 가져가는 것이 억울하다는 이유였어.

그들의 입장도 이해는 가. 하지만 가격부터 차이가 나잖아? 그리고 따지고 보면 '청년 커피'에 오는 손님들은 많지 않았어. 천막에 오랫동안 앉아 있곤 했으니까. 테이크아웃 커피점 손님들이 열 배는 더 많았을 거야. 하지만 그들은 내가 공원에 있는 자체로 손해를 본다고만 생각했지 그런 조건들은 전혀 고려하지 않았어. 커피의 종류가 다른데도 말이야.

처음에는 가게 직원들이 와서 정중하게 이곳에서 장사하면 안 된다고 경고했어. 그다음에 직원들은 손님으로 가장해서 '청년 커피'를 마신 뒤 그 자리에서 혹평했어. 그 말에 조금 흥미를 보이는 손님들도 있었지만 일부분이었어. 커피 맛은 직접 마셔 본 사람들이 가장 잘 알고 있으니까.

결국 그들은 공원에서 커피 장사를 하는 것이 불법이라면서 구청에 신고했어. 공무원들은 처음에는 하찮은 커피 가게에까지 신경 쓰지 않았어. 하지만 여러 곳에서 민원이 들어오자 어쩔 수 없이 공원으로 출동했지.

난 구청 공무원들에게도 커피를 대접했어. 그들 역시 커피 맛에 만족했어.

- 천막에 앉아서 먹으니 더 맛있군. 꽃도 많고. 여행 온 기분이야.

그들은 고개를 끄덕거리면서 돌아갔어. 그들이 일을 어떻게 처리했는지는 모르지만 가게들은 철거 명령이 내려지기까지 기다릴 여유조차 없었나 봐. 가게들은 곧 최후의 수단을 선택했어. 천막을 살해하기로 한 거야.

다음 날 나는 출근하자마자 처참한 흔적을 보고야 말았어. 천막의 시체만 보고도 전날의 풍경을 상상할 수 있었지. 달이 유난히 밝았던 날 밤, A 커피점과 B 커피점 주인들이 대표로 '청년 커피'에 침입했겠지. 벽을 두른 것도 아니기에 침입이라는 말이 적절하지 않을지도 모르지만, 벽은 없어도 천막은 있었으니 침입이 가능했을 거야. 나무에 매달려 바람에 살포시 흔들리고 있던 천막이 목표 대상이었을 거고. 그들은 외투 속에서 커터 칼과 가위를 꺼내 천막을 난도질하기 시작했겠지. 천막은 소리 없는 비명을 지르면서 여러 갈래로 찢기고, 리어카와 나무 주변을 두르고 있던 꽃들도 짓밟혔겠지. 천막이 힘을 못 이기고 나무 아래로 툭, 떨어졌을 때야 그들은 커터 칼과 가위를 집어넣고 유유히 그 자리를 떠났을 거야.

그걸 본 순간 전날 밤 찜질방에서 맥반석 계란이나 까먹으며 만화책을 보고 있었던 것을 후회했지. 커피점 주인들이 계속해서 경고할 때 위험을 감지하고 천막을 지켰어야 했어. 하지만 이미 천막은 형체를 몰라볼 정도로 갈기갈기 찢겨 있었어. 아주머니는 내 옆에서 두려움에 떨었어. 이번에는 천막만 찢겼지만 다음에는 무엇이 찢길지 알 수 없었으니.

아주머니는 리어카를 끌고 다른 곳으로 갈 생각을 했어. 그러면서 나에게도 같이 가자고 했어. 난 고개를 저었어. 다른 곳에 가도 상황은 마찬가지일 테니. 난 그때야 깨달았어. '청년 커피'는 내 것이 아니었어.

난 온몸이 찢긴 채 바닥을 구르고 있던 천막을 주워 들었어. 그리고 그 자리를 떠났어. 내가 찾아간 곳은 수선집이었지. 그곳에서 그나마 멀쩡하게 남은 천막으로 배낭을 하나 만들었어. 아무 무늬도 없는 주황색 배낭이었어.

난 배낭이 된 천막을 짊어지고 동사무소로 갔어. '집 주소가 미로가 되었다'라는 것을 신고하기 위해.

대장의 말이 끝나자 모두 대장의 배낭을 보았다. 군데군데 기운 자국이 있는 주황색 배낭은 실패한 역사가 담겨 있던 바로 그 천막이었다.

"그리고 우연히 지하철역에서 로마족을 위한 서명 운동을 하는 부스를 보았지. 그때 결심했어. 내 집을 찾겠지만, 내 집만 찾지는 않겠다는 것을. 커피점 주인들처럼 자신의 가게를 지키기 위해 남을 해치는 짓은 하지 않겠다고, 나는 내 집뿐만 아니라 다른 사람의 집까지 지켜 주겠다고. 그래서 부어족의 순례를 만들게 된 거다."

대장은 말을 마쳤다. 아무도 말이 없었다. 배가 고프고 목이 말라서만은 아닌 것 같았다.

길었던 해가 점점 지고 밤이 다가오고 있었다. 대장이 바닥에 떨어져 있던 깃발을 들었다. 대장의 뒤를 따라 출발하기 시작했다. 침묵을 밟고 나아가는 길이었다.

어둠 속에서는 앞으로 얼마나 더 걸어야 하는지 보이지 않았다. 오늘은 아스팔트 길이 아니라서 가로등도 없었다. 가로등이 없었지만 걸을 만했다. 주변은 어두웠지만, 야광봉과 휴대폰 불빛을 등불 삼아 어둠을 헤치고 나가는 길도 조금씩 익숙해졌다. 길이 부드럽기 때문인 것 같았다. 교회에서 밟았던 텃밭의 흙과 느낌이 비슷했다. 아스팔트 길에서보다는 발바닥의 고통도 덜했다. 종아리의 부기도 조금씩 빠지는 기분이었다. 무거웠던 다리가 가벼워지고 있었다. 발바닥이 땅을 딛는 소리가 공을 튀기는 소리처럼 들렸다. 탁, 탁, 탁 치던 발걸음 소리는 리듬감 있게 톡, 톡, 톡 치는 소리로 변했다.

"앗, 반딧불이다!"

갑자기 대열의 중간쯤에서 외치는 소리가 들렸다. 고개가 돌아가는 소리가 들리는 것 같았다. 주위를 두리번거리던 이들이 일제히 한곳을 보았다. 열 마리쯤 되는 반딧불이가 주변을 날아다니고 있었다. 꽁무니에 있는 노란빛이 번뜩였다. 부어족들은 감탄이 섞인 탄성을 질렀다.

소리가 커지자 대장이 뒤를 돌아보며 말했다.

"반딧불이를 너무 좋아할 필요는 없어."

"왜요?"

대열의 끝 쪽에서 질문이 날아왔다.

"반딧불이는 생각보다 낭만적이지 않거든. 달팽이를 먹고 자랄 정도로. 우리도 집을 등에 지고 다니는 달팽이와 다름없으니 달팽이의 천적은 곧 우리의 천적!"

대장의 말이 끝나자 바로 다른 목소리가 어둠 속에서 튀어나왔다.

"하지만 밤에 보는 반딧불이는 좋기만 한데요, 이렇게 손전등도 되어 주고."

혜연의 말이었다. 그 말을 할 때 혜연의 목소리는 약간 상기되어 있었다. 땀과 먼지가 뒤섞여 있을 얼굴이었지만 밤이라 그런 것은 상관없었다. 윤곽만 보이는 얼굴이 고와 보였다. 혜연의 말을 듣고 보니 정말 반딧불이가 하늘에 떠 있는 손전등처럼 보였다. 반딧불, 반디, 하고 중얼거려 보았다. 반디라는 이름이 혜연과 어울렸다.

반딧불이를 따라가자 반딧불이 수백 마리는 뭉쳐 놓은 것 같은 불빛이 하나 보였다. 슈퍼의 불빛이었다. 늦은 시간이었지만 아직까지 문을 닫지 않았다. 반딧불이를 봤을 때와는 비교도 안 되는 탄성이 울려 퍼졌다.

모두 줄을 무시하고 슈퍼 안으로 뛰어 들어갔다. 빵과 우유와 과자를 있는 대로 카운터에 산처럼 쌓았다. 졸고 있던 슈퍼 주인이 화들짝 깼다. 계산하기도 전에 빵과 과자의 껍질을 뜯어서 입안에 쑤셔 넣는 이들도 있었다. 우유를 급하게 먹다가 기침하는 이들도 있었다. 걸터먹는 모습들이 이제까지 본 모습 중에서 가장 활기 있어 보였다.

매상을 한꺼번에 올려 주어 기분 좋아진 슈퍼 주인은 주전자에 담긴 보리차를 마음껏 제공해 주었다. 보리차는 달았다. 대장은 계산을 끝내고 난 뒤 잊지 않고 슈퍼 주인에게서 로마족에 대한 서명도 받았다. 축제라도 벌이는 것처럼 슈퍼 앞에 있는 흙바닥에 주저앉아 마음껏 먹고 마셨다. 음식들은 금세 동이 났다. 천국이 다른 곳에 있는 게 아니었다.

배가 부른 다음에야 잘 걱정을 하기 시작했다. 마을 회관에는 거주하고 있는 노인들이 많다고 해서 잠자리를 부탁할 수 없었다. 대장이 슈퍼 주인에게 사정을 설명하자 슈퍼 주인이 폐가를 소개해 주었다. 주인들이 떠난 지 삼 년은 족히 넘었다고 했다. 거기라면 쫓겨날 걱정은 하지 않아도 될 것 같았다. 폐가라는 말을 듣자마자 텔레비전에서 하는 공포 체험이 연상되었다. 사람이 안 산 지 오래되었으니 사람 대신 무엇이 살고 있을지 알 수 없었다.

그래도 선택의 여지가 없었다. 길바닥에서 다시 모기에게 뜯기고 싶지는 않았다. 가장 끔찍한 경험이었다. 폐가라고는 해도 벽과 지붕은 남아 있을 테니, 바람과 모기에서 몸을 가려 주는 역할 정도는 해 줄 수 있을 터였다.

대장을 앞세워 슈퍼 주인이 일러 준 대로 폐가를 찾아갔다.

폐가는 슈퍼에서 오 분도 되지 않는 거리에 있었다. 폐가라고 해서 숲속이나 산속에 있을 것으로 생각했던 것과 달리 길가에 있었다. 열 걸음도 떨어지지 않은 곳에도 집이 두어 채 있었다. 사람이 살았었다는 흔적은 이뿐이었다. 다른 풍경들은 이곳이 폐가라는 것을 여실히 보여 주었다.

대장이 휴대폰 불빛으로 문 입구를 비췄다. 입구에서부터 거미줄이 앞을 가로막고 있었다. 청소하지 않아 마음 놓고 뻗어 나간 거미줄은 크기부터가 커다란 수박만 했다. 거미줄이 큰 만큼 거미줄 중간에 붙어 있는 거미도 커서 독거미처럼 보일 정도였다.

대장은 문 옆에 있는 벽들도 휴대폰 불빛으로 비추었다. 폭격을 맞은 것처럼 벽에 만들어진 검은 구멍들을 보고 부어족들은 귀신 나올 것 같다면서 소리를 질렀다. 혜연은 옆에 있던 두윤의 팔에 매달리기까지 했다.

"지금 네가 더 귀신 같거든?"

두윤이 호기롭게 외쳤다. 혜연이 두윤의 팔에서 떨어져 나가면서 두윤을 흘겨보았다.

순간적으로 혜연이 나에게 매달렸으면 나는 절대 그렇게 말하지 않았을 텐데, 하는 생각이 들었다. 곧이어 내 머리를 스스로 때렸다. 아직도 혜연을 소민으로 착각하면서 혼자 상상의 나래를 펼치고 있는 것 같았다. 혜연이 알면 기분 나빠

할 것 같았다. 실수하지 않게 더 긴장할 필요가 있었다.

대장은 깃발로 거미줄을 걷어 냈다. 집 안으로 들어가니 마당은 물론이고 마루 위에까지 잡동사니들이 쌓여 있었다. 차마 손을 댈 자신이 없어 발로 밀어서 한구석에 치워 두었다. 그래도 배가 불러서 그런지 지금 상황에 관해 부정적인 생각은 많이 들지 않았다.

대장이 따로 지시하지 않았는데도 다들 묵묵히 잠자리를 만들었다. 방이 두 개 있어서 한 개는 남자 방, 다른 한 개는 여자 방으로 하면 될 것 같았다. 크기가 크지는 않았지만 지그재그로 끼어서 자면 충분히 다 들어갈 수 있을 것 같았다. 침낭들을 최대한 작게 펼쳐서 각자 잘 자리를 만들었다.

"오랜만에 포식했는데, 이대로 자면서 소화하긴 아깝다."

다른 사람들이 침낭을 펼치고 있는 동안에도 느긋하게 마루에 앉아서 뭉쳐져 있는 침낭을 공처럼 위로 올렸다, 받았다 하는 동작을 반복하며 두윤이 말했다.

달이 밝았다. 비라도 올 것처럼 시원한 바람이 조금씩 불기도 했다. 쓸데없이 마음이 설렜다. 허파에도 시원한 공기가 들어간 것 같았다. 두윤의 동작을 보자 문득 공놀이하고 싶다는 생각이 들었다. 달밤의 공놀이. 꽤 재미있을 것 같았다. 머리를 굴려 보았다. 각자 입지 않은 옷들을 한데 모아 뭉쳐서 폐가 안에 굴러다니는 노끈으로 묶어 공을 만든다. 그리고 침낭을 라켓으로 삼으면 충분히 공을 주고받는 놀이를 할 수 있을 것 같았다. 두 팀으로 나누어 공을 던져서 상대 팀의 공에 맞으면 아웃이고, 마지막까지 인원이 남아 있는 팀이 이기는 거로 하는 거다. 침낭놀이였지만 피구와 비슷한 원리였다.

생각이 여기에까지 미치자 곧바로 실행에 옮기기로 했다. 흩어져 있는 부어족들에게 소리쳤다.

"우리, 공놀이하는 게 어때요?"

"공놀이?"

"에너지를 아껴야지, 기껏 배불리 먹어 놓고 뭐 하러 힘을 빼요?"

"재미있을 것 같은데? 하자!"

내 말이 끝나자마자 내현이 반대했다. 하지만 목소리 큰 두윤이 곧바로 찬성하면서 놀이가 성사되었다.

두윤은 부어족들 사이를 돌아다니며 옷가지를 모으기 시작했다. 다른 사람들도 반대하지는 않는 것 같았다. 두윤의 요청에 스스럼없이 옷들을 주었다. 포만감 때문인지 다들 마음이 여유로워져 있었다.

내현은 샐쭉한 얼굴로 마루에 앉았다. 두윤은 옷가지를 뭉친 다음 노끈을 찾았다. 함께 노끈을 찾던 내가 창고에서 굴러다니고 있는 노끈을 발견했다. 약간 삭은 것 같았지만 옷가지를 묶을 정도는 되었다.

두윤이 공을 만드는 동안 대장은 편을 나누었다. 1조와 2조가 한 팀이 되고, 4조와 5조가 한 팀이 되었다. 낙오된 사람들과 도망간 사람들이 있어 모자라는 인원은 3조에서 보충했다. 내현이 빠지겠다고 해서 한 팀에 여덟 명씩 배정되었다.

마당 가운데에 선을 긋고 각자 자신의 침낭을 든 채 마주섰다. 대장이 대표로 공을 위로 올린 다음 침낭으로 쳐서 반대편으로 보냈다. 반대편에서 경수가 능숙하게 공을 침낭으로 받아서 이쪽으로 넘겼다. 내 쪽으로 날아오는 공을 정확히 침낭 가운데로 내박쳐서 넘겼다.

다른 종목은 몰라도 구기 종목만큼은 자신 있었다. 눈에 보이는 공은 방어할 수 있었다. 요행을 믿는 부모와 달리 나는 눈에 보이는 것만 믿었다. 방어할 수 있는 것만 방어했다. 그래서 내 눈에 보이는 부모조차도 잘 방어했다고 믿었다. 누나가 사라진 뒤에도 부모가 나에게 더 이상 피해를 주지 않도록 멀리 달아났다.

그것이 결국 눈에 보이지 않는 벽을 더 견고하게 만들고, 이미 사라진 누나까지 더 눈에 보이지 않게 만들어 버린 건 아니었을까? 누나가 돌아올 곳이 있도록 나 하나라도 제자리를 지키고 있어야 하지 않았을까?

우리 가족이 잠시나마 함께 살았던 집도 남의 손에 넘어간 지 오래였지만. 고시원에서 어떻게든 버텼어야 했다. 모이기에는 너무 늦었다. 앞으로도 기회가 없을 듯했다. 누나도, 부모도, 나도, 서로 꼭꼭 숨어 버리기 위해서만 살고 있는 것 같았다.

옷으로 만든 공은 춤을 추듯이 여러 번 포물선을 그렸다. 혜연은 공을 받아칠 때마다 꼭 비명을 질렀다. 그러면서도 공을 힘 있게 쳐서 상대방을 정확하게 맞혔다. 엄청난 실력이었다. 혜연의 공을 맞은 경수가 머리를 긁적이며 마루 위에 앉았다. 혜연도 곧 상대편 여자의 공을 맞고 경수의 옆으로 갔다. 대장은 공을 피하려다 어이없이 등에 공을 맞고 아웃되었다.

아웃된 사람들은 손에 작은 깃발을 들고 자기편을 응원했다. 순례 첫날 서울역 광장에서 나누어 주었던 깃발이었다. 낙오된 집에 꽂기 전까지는 쓸 일이 없을 거로 생각했는데 응원할 때 쓰니 근사했다.

결국 우리 팀에서는 나와 두윤만 남았다. 상대편 팀에도 남자 두 명만 남아 있었다. 두윤은 운동 신경이 좋은지 공이 날아올 때마다 앞서서 공을 받아 쳐냈다. 나는 두윤이 공을 상대 팀으로 넘기는 동안 몸을 피하기만 하면 되었다. 두윤이 넘긴 공을 상대편 남자가 강하게 쳐서 다시 보냈다. 이번에는 공이 내 쪽으로 날아왔다. 이번에야말로 두윤보다 먼저 공을 받아 내리라 생각하고 몸을 강하게 날렸다.

그 순간, 공보다 별이 먼저 보였다. 서울 하늘에서는 볼 수 없었던 별이었다. 별빛은 달보다 어두울 텐데도 시야를 높이 두니 선명하게 보였다. 그 별이 마침 나를 마주 보는 것 같았다. 만화책 특별 부록만큼이나 별을 좋아했던 지은 누나가 떠올랐다. 이제 누나를 만나도 나는 누나를 알아볼 수 없다. 누나가 먼저 내 이름을 불러 주기 전까지는 말이다.

누나가 집을 나가고 난 뒤 타이핑 한 편지가 고시원으로 온 적이 있었다. 누나는 편지에 자신을 찾는 전단지를 봤고, 일하는 곳에서 운 좋게 성형외과 의사를 알게 되어 거의 무료로 성형해서 예전의 그 얼굴이 아니며, 그러니 다시 만나도 자기를 알아보지 못할 거라고 썼다. 가족을 떠나기 위해 나간 거니까 평생 찾지 말라고 했다.

누나가 어디에서 일하게 되었으며, 어떻게 성형외과 의사에게 무료로 수술까지 받게 되었는지 지레짐작하고 싶지 않았다. 누나를 지키지 못했던 나는 누나의 사연들을 알 자격이 없었다. 부모에게는 누나의 편지가 왔다는 것을 말하지 않았다. 나는 차마 전단지를 뿌리지 못했지만, 부모가 전단지를 나누어 주는 것까지 멈추게 하고 싶지 않았다. 부모가 전단지 뿌리기를 멈춘다는 것은 누나를 포기한다는 뜻이 되니까.

나까지 부어족이 되어 버려 이제 누나가 돌아올 곳이 정말 하나도 없었다. 마음이 급한 게 당연했다. 그러니 얼른 낙오되어야 했다. 낙오된 곳에 정착해서 누나를 빨리 데려와야 했다.

퍽!

별을 보느라 피하지 못한 공이 두 눈을 정통으로 맞혔다. 상대편에 있던 4조 남자가 괴성을 질렀다. 우워! 반딧불이를 봤을 때처럼 기쁨을 표시하는 신호였다. 나까지 공을 맞았는데도 두윤은 기죽지 않고 공을 바로 쳐서 반격했다. 두윤의 공이 상대편을 맞혔다. 두윤은 그들보다 더 큰 함성을 질렀다. 우워! 우워어!

마루에 앉아 있던 이들이 깃발을 흔들고 손뼉을 쳤다. 대장까지 수염 속에 감췄던 입에 미소를 짓고 있었다. 슈퍼 앞에서의 만찬에 뒤이은 축제 분위기였다. 내현만 제외하고.

"다들 너무 즐거운 거 아냐? 지금 우리가 무슨 상황에 처했는지 잊었어? 여기 놀러 왔니?"

마루에 앉아 팔짱을 낀 채 경기를 보고 있던 내현이 한마디 했다.

"왜, 이왕 하는 거 즐기면 안 됩니까? 부어족 된 게 무슨 중죄라도 되는 것처럼 취급하지 마쇼."

두윤이 이마의 땀을 닦으며 말했다. 두윤이 내현에게 말하는 순간 두윤에게 날아왔던 공이 두윤의 머리를 맞혔다. 잠깐 방심했던 탓이었다. 저쪽 팀의 승리였다.

"에이, 딱쟁이 때문에 졌잖아."

두윤이 내가 앉아 있던 마루 쪽으로 오면서 투덜거렸다.

"딱쟁이가 뭐예요?"

내가 묻자 두윤이 나에게 속삭였다.

"유내현 말이야. 맨날 딱딱거리기만 해서 내가 붙여 줬어."

나도 모르게 웃음이 입 밖으로 터져 나왔다. 다행히 내현은 우리의 말을 듣지 못한 것 같았다. 늘 뇌꼴스러운 태도만 보였던 내현에게 어울리는 별명이었다.

"아, 오랜만에 운동하면서 땀 흘리니 개운하네. 잠 잘 오겠다. 공놀이가 아니라 침낭놀이라고 해야 하나? 재미있는 게임 발명해 줘서 고마워. 다음에 또 배부를 기회가 오면 하자고."

두윤이 말했다. 다른 사람들도 함빡 웃었다.

슈퍼 주인에게서 받아 온 보리차로 목을 축인 뒤 자리에 누웠다. 대장은 달빛을 불빛 삼아 일기를 쓰느라 제일 마지막으로 방에 들어왔다. 우리 중에서 나이가 가장 많은데도 체력이 제일 좋은 것 같았다.

땀을 몇 바가지씩 흘린 뒤였지만 그 누구도 땀 냄새에 불평하지 않았다. 이제 서로의 땀 냄새에 익숙해질 법도 했다. 우리는 땀 냄새까지 비슷하구나, 하는 생각을 하니 이 상황이 완전히 절망적이지는 않았다. 조만간 나도 낙오될 수 있을 것이다. 낙오만 되면, 누나를 데려오는 것뿐만 아니라 부모에게도 한 번쯤 선심 써서 놀러 오라고 할 수도 있었다. 긍정적인 생각만 하기로 했다.

다음 날, 소란스러운 소리에 깼다. 어제 공놀이하면서 땀을 한꺼번에 뺐더니 피곤해서 나도 모르게 잠이 깊이 든 것 같았다.

소리는 마당 쪽에서 나고 있었다. 일어나 보니 내 주변에서 잠들었던 부어족들이 한 명도 보이지 않았다. 침낭들만 펼쳐진 채 덩그러니 누워 있었다. 마당으로 나가니 뜻밖의 광경이 보였다. 마당 가운데에서 혜연과 내현이 마주 보고 있었고 두윤은 혜연의 옆에, 경수는 내현의 옆에 있었다. 대장은 그 가운데에서 두 팔을 양옆으로 펼치고 있었다. 다른 부어족들은 그 주변을 빙 둘러쌌다.

혜연과 내현은 서로를 노려보고 있었다. 내가 문을 열고 나가자 대장과 두윤은 내 쪽을 보았지만 혜연은 눈을 돌릴 생각조차 하지 않았다. 혜연은 내현에게 큰 소리로 말했다.

"같은 부어족인데 왜 우리를 무시하는 거예요? 마치 우리 머리 위에 있는 것처럼…… 기분 나빠요. 매일 카메라로 사진 찍어 대는 것도 그렇고……."

"난 당신들을 무시한 적 없어요. 사진은 부어족 순례를 기록하기 위해 찍은 거구요."

"아까 여기까지 와서 사치 부린다고 한 거 저한테 그런 거죠? 제 배낭에 흙 묻혔을 때 제가 비싼 배낭이라고 뭐라고 하니까 사치스럽다고 하셨잖아요!"

"잘못 들은 거예요. 그런 적 없어요."

"어어, 그 말은 나도 들은 것 같은데? 분명 혜연이 쪽을 보고 그렇게 말했는데. 나도 이 두 귀로 똑똑히 들었지."

두윤이 혜연의 옆에서 거들었다.

"자, 자, 지금 서로 피곤해서 예민해져 있는 것 같은데 적당히 하고 그만두지. 갈 길이 멀어."

"전 내현 씨가 사과하기 전에는 한 발자국도 안 움직일 거예요!"

혜연이 날카롭게 말했다. 혜연의 눈꼬리가 위로 올라가 있었다.

혜연이 그렇게 화내는 걸 처음 보았다. 그래도 명색이 같은 조인데 나 혼자 가만히 있기에는 무거운 책임감이 느껴졌다. 일이 저 지경까지 될 동안 잠만 자고 있었다는 게 미안했다. 대장도 혜연과 내현 사이에서 어쩔 줄 몰라 하고 있었다.

나는 한 걸음 앞으로 나섰다.

"어제 우리 공놀이도 같이하고, 처음보다 좀 친해지지 않았어요? 좀 더 가족적인 모습을 보여 줘도 될 것 같은데……."

"난 같이 안 놀았어."

내현이 딱 잘라 말했다. 두윤이 말한 '딱쟁이'라는 말이 다시 떠올랐지만 심각한 상황이었기에 나는 웃음을 참으며 말했다.

"우리 모두 피곤한 건 마찬가지예요. 그리고 아직 집을 못 찾아서 조급하기도 하구요. 하지만 우리가 머나먼 로마족 이야기까지 잘 알고 있는 이유가 뭐겠습니까?"

"……."

"그들이 로마족이라는 이름으로 똘똘 뭉쳐서 싸우고, 서로를 겪어 내고 있기 때문이잖아요. 우리도 부어족이라는 이름 아래 공통점을 갖고 있으니 서로를 이해해야 하지 않을까요?"

"그래, 말 한번 잘했어요. 저 사람은 우리를 전혀 이해하고 있지 않아요."

혜연이 여전히 씩씩거리며 말했다.

"그래도 우리가 여기까지 올 수 있었던 건 내현 씨 덕분이었어요. 내현 씨의 비상식량이 없었다면 다들 일찌감치 탈진했을 거라구요."

비상식량 얘기를 하자 모두가 입을 다물었다. 내현 덕분에 움직일 힘을 낼 수 있었던 건 사실이었다.

"애써 편들어 줄 필요 없어. 난 그저 이 생활이 지긋지긋한 것뿐이야. 아침부터 이러고 있으니 머리가 아파."

내현이 고개를 흔들었다. 혜연이 먼저 고개를 숙였다.

"맞아요. 그러고 보니 그때도 먹을 줄만 알았지 고맙다는 인사 한번 못 했네요. 저만 힘든 것도 아닌데 제가 너무 민감하게 반응한 것 같아요. 죄송해요."

혜연이 사과하자 내현의 눈빛도 흔들렸다. 대장이 내현에게 눈짓하자 내현도 고개를 까닥거리며 사과했다. 이대로 상황은 일단락되는 것 같았다.

멀찌감치 떨어져 있던 두윤이 나에게 다가와 말했다.

"어이, 지욱 친구. 얌전한 줄만 알았더니 갈등 조절 능력이 탁월한걸?"

"부모가 싸웠을 때마다 어느 한쪽을 편들지 않았던 것뿐이죠."

그 말은 내게 있어 로또나, 도박이나 그게 그거라는 말과도 통했다.

그러면서도 내 시선은 내현의 카메라에서 떠나지 않았다. 풍경은 하나도 없이 인물들만 클로즈업된 사진들. 현상 수배라도 하는 것처럼 정면으로 찍은 사진들의 정체는 무엇일까?

아니, 유내현의 정체 자체가 궁금했다. 얼른 내현의 자기소개 차례가 돌아왔으면 싶었다. 내현이 왜 부어족이 되었는지 들으면 조금이나마 내현을 이해할 수 있을 것 같았다.

길은 밤에 떠나지만 낮에도 할 일이 있었다. 마을을 돌면서 로마족에 대해 설명하고 서명을 받아 와야 했다. 서명을 받으면서 밥이나 반찬을 얻으려는 의도도 있었다. 부어족이라는 것을 밝히지 않는다는 전제하에서였다. 설명만 잘한다면 부어족이 아니라 인권 운동 단체로 보일 수도 있었다. 대장이 부어족이라는 것을 숨기기 위해 로마족 이야기를 가져온 것은 아닌 것 같았지만 적절한 위장술인 것에는 틀림없었다.

조별로 구역을 나눈 뒤 서명지도 분배했다. 서명지를 받자마자 조별로 바로 출발했다. 대장은 다음 코스를 짜야 한다고 해서 나와 두윤, 혜연만 서명지를 들고 나섰다. 미리 정한 대로 마을 회관 쪽으로 방향을 틀었다. 정오가 되기 전인데도 벌써 햇볕이 뜨거워지고 있었다. 등이 달궈지는 게 느껴졌다.

걸어가는 동안 아무도 말이 없었다. 벼가 바람에 흔들리는 소리까지 들릴 것 같았다. 멀리서 마을 회관이 보일 때쯤에야 혜연이 고개를 숙인 채 무겁게 말했다.

"고마워요."

너무나 작은 소리라 처음에는 어떤 말인지 알아듣지 못했다. 두윤이 옆에서 내 옆구리를 팔꿈치로 찔렀다.

"너한테 하는 소리잖아."

"아, 아니에요."

"아까 멋있었어요. 이제까지는 같은 조라는 느낌이 많이 없었는데."

"같은 부어족끼리 싸우는 게 안타까워서 그래요. 우리라도 서로 도와야지."

"얼씨구, 분위기 좋다? 소개팅하는 것도 아니고. 나는 주선자나 해야 하나? 두 사람만 보낼 걸 괜히 따라왔네."

두윤이 능청스럽게 말했다. 우리는 동시에 웃음을 터뜨렸다. 갑자기 즐거워졌다. 마을 회관까지 가는 길이 산책이라도 하는 것처럼 느껴졌다.

마을 회관에 들어가니 마침 다들 점심 식사를 준비하고 있었다. 서명 이야기를 먼저 했다. 우리가 부어족이라는 얘기는 한마디도 하지 않고 로마족 이야기만 했다. 마을 회관에 있던 노인들은 로마족 이야기를 다 듣지도 않고 밥과 반찬부터 통에 담기 시작했다. 혜연이 싹싹하게 어깨와 다리를 안마하면서 자연스럽게 서명을 받아 냈다.

마을 회관을 나왔을 때 우리의 손에는 서명지와 함께 밥과 반찬이 양손 가득 들려 있었다. 우리를 농활대로 착각했는지 돌아가는 길에 만난 마을 이장은 농약 칠 때가 다 되었다며 귀띔해 주기도 했다.

조별로 마을을 도니 서명지가 서른 장 정도 모였다. 이 정도면 구색은 갖췄다면서 대장은 만족스러워했다.

각자 얻어 온 밥과 반찬들을 풀었다. 김치와 두부조림에서부터 배추전, 고추 장아찌까지 손맛이 담긴 반찬들이 가득했다. 다들 말없이 밥을 욱여넣기 시작했다. 그렇게 오래 굶주린 것도 아닌데 다람쥐도 아니고, 이제 음식을 보면 미리 저장해 두어야겠다는 생각부터 들었다. 먹고 나서는 당연한 순서인 듯 낮잠을 잤다. 이때만큼은 근심 걱정이 없었다.

사람의 기운이 스며들어서인지 하루 만에 폐가도 사람 사는 집처럼 보였다. 거미줄을 치우고 나니 거미들도 보이지 않았다. 청소를 제대로 하고 벽만 잘 보수한다면 그럭저럭 사람이 살 수 있을 것 같았다.

한잠 자고 일어나니 떠날 시간이 가까워져 있었다. 날이 완전히 저물었다. 잘 먹고 잘 자서 그런지 여러모로 재충전이 되었다. 침낭까지 잘 접어서 등에 걸머졌을 때였다. 대장의 주위로 2조 일원들이 몰려들었다. 총 네 명이고 남녀가 섞여 있었다. 그들은 전부 배낭을 메고 있지 않았다. 그들이 자고 있었던 곳을 보니 아직 침낭을 접지도 않은 채였다.

대장이 그들에게 물었다.

"무슨 일이지?"

"저희는 여기에 남고 싶어서요."

"이 폐가에?"

대장이 반문하자 그들이 고개를 끄덕였다.

"아까 마을 돌 때 알아봤는데 대학생들이 농활 오기도 하고, 시내로 나가는 버스도 제법 있다고 하더라구요. 저번에 교회에서 농사일 해 보니 은근히 재미있기도 해서 이번 기회에 폐가를 수리하고 텃밭을 일궈 볼까 합니다."

"그러니까, 귀농하겠다고?"

대장이 눈을 동그랗게 떴다.

의욕적으로 농사를 짓겠다는 모습을 보자 예전에 텔레비전에서 봤던 귀농 청년들이 떠올랐다. 그들은 대부분 실패했던 것으로 기억한다. 철저하게 준비되지 않은 귀농은 몸도, 마음도 피폐하게 만들 터였다. 한때의 귀중한 경험이라고 치부하기에는 들어간 열정과 노력도 만만치 않았다. 그런데 아무런 기반 없이 덜컥 귀농하겠다고 하니 대장의 입장에서도 걱정되는 건 당연했다.

"이런 걸 스쾃이라고 한다죠?"

폐가에 남겠다고 말한 2조 일원 중 한 명이 물었다. 스쾃이 뭔지 옆에 있던 다른 남자가 묻자 내현이 대신 대답했다.

"스쾃, S, q, u, a, t. 빈 건물 같은 데 사는 걸 말하는 거지."

"다른 말로는, 무단 침입에 가택 점거?"

두윤이 잽싸게 내현의 말을 받았다. 새로운 낙오자가 된 부어족들이 두윤에게 따가운 시선을 보냈다.

"그런데 아무리 같은 부어족이라고 해도 남녀가 한집에서 계속 같이 사는 건 좀 엄한데."

대장이 걱정하는 말투로 말하자 2조 여자가 대답했다.

"저희는 당분간 마을 회관에 있기로 했어요. 말동무도 해 드리고 가사도 도우면서…… 좋은 경험이 될 것 같아요. 어르신들이 무척 좋아하시던걸요."

"네, 잘하면 여기에 남는 땅에 집을 새로 지어서 살 수도 있구요."

결국 폐가와 마을 회관에 2조 일원들이 남기로 했다. 공동체 생활을 하는 셈이었다. 그동안 튀지 않으면서 자기들끼리 잘 지내 왔던 조라 대장은 걱정 없다고 했다.

낙오되지 않은 부어족들은 다시 순례를 떠날 준비를 했다. 처음에 폐가에 들어왔을 때처럼 대장이 깃발을 들었다. 2조 일원들은 네 개의 작은 깃발을 한데 모아 폐가 입구에 꽂았다. 모아 놓으니 작은 깃발들도 커 보였다. 우리에게 손을 흔드는 이들을 뒤로하고 폐가를 빠져나왔다. 밝은 표정의 2조 일원들을 보니 순례를 처음부터 다시 시작하는 것처럼 몸이 가뿐했다.

"……그런데 제군들, 한 가지 고백할 게 있네."

출발한 지 십 분도 안 되어서 대장이 말했다.

"대장이 고백할 게 있답니다."

"대장이 할 말이 있대."

"대장이 잠깐 멈추라던데."

대장의 말이 재빠르게 뒤로 전해졌다. 모두 일사불란하게 멈춰 섰다.

"고백할 게 뭡니까?"

두윤이 물었다. 대장이 대답했다.

"……우리의 회비가 어제부로 제로가 되었다는 거지."

대장의 말에 잠깐의 정적이 흘렀다. 그 정적을 깨고 성질급한 두윤이 큰 소리로 외쳤다.

"아, 제기랄! 연장자한테 욕하고 싶진 않은데 대장 때문에 저절로 망나니가 될 것 같습니다. 원래 이렇게 계획 없이 순례를 진행합니까?"

"이봐, 내 탓만 할 게 아니지. 어제 회비 생각 없이 슈퍼에서 음식을 마구 집어 먹었던 건 자네들이었어. 나는 먹은 만큼 돈을 냈을 뿐이고. 심지어 오천 원이 더 나왔는데도 슈퍼 주인이 깎아 줬다네."

능청스럽게 말하는 대장의 얼굴을 갈기고 싶었다. 내 생각보다 두윤의 몸이 더 빨랐다. 두윤은 어느새 대장의 멱살을 잡고 있었다. 아까 혜연과 내현의 대치보다 긴장감이 더했다. 두윤이 대장의 멱살을 잡자마자 내현이 기다렸다는 듯이 그 모습을 사진으로 찍었다.

"찍지 마!"

두윤이 내현에게 소리를 질렀다. 내현은 무표정한 얼굴로 카메라를 내렸다. 이번에는 대장 주변에 아무도 없고 모두 두윤의 주변만 둘러쌌다. 두윤에게 멱살을 잡힌 대장은 계속 난처한 표정을 지었다.

"어쩌다 그렇게 된 거다, 어쩌다가."

"그렇게 무책임한 말이 어딨어? 대장 맞아? 씨발. 지금까지 낙오되지 못한 사람들은 길바닥에서 그대로 굶어 죽으라는 거야?"

"잠깐만요."

내현이 두윤과 대장 사이로 끼어들었다. 두윤이 내현을 노려보았다.

"당신은 빠져."

"그렇게 감정적으로 해결할 문제가 아니에요."

"늘 남 일처럼 말하는 당신 때문에 더 감정적으로 될 것 같으니까 좋은 말로 할 때 그냥 내버려 둬."

"아직 희망이 있어요."

"희망 같은 소리 하네."

"지원금이 곧 지급될 거예요."

지원금이라는 소리에 멱살을 잡고 있던 두윤의 손에서 힘이 조금 빠졌다. 그 틈을 타서 대장은 캑캑거리며 막혔던 숨을 내뱉었다. 체력은 좋아 보였는데, 힘은 약한 것 같았다.

내현은 그 모습에도 아랑곳하지 않고 말을 이었다.

"오시기 전에 동사무소에서 다 '집 주소가 미로가 되었다'라고 신고하고 오셨을 거 아니에요? 지금쯤이면 지원금이 통장으로 지급되었을 거예요."

그제야 나도 지원금 때문에 부끄러움을 무릅쓰고 동사무소에 갔던 게 생각났다. 지원금이 얼마가 되었든, 그것을 다 모으면 남은 순례 기간을 버틸 만큼의 여유는 있을 것 같았다.

그 말에 두윤은 멱살을 놓고 손바닥을 털었다.

"지원금 안 들어왔기만 해 봐. 대장이고 뭐고 없어."

대장은 두윤에게서 약간 거리를 두었다. 두윤은 대장 뒤에서 등을 꿰뚫을 것 같은 시선으로 대장을 쏘아보았다. 대장은 그 시선이 따가웠는지 등을 계속 긁었다.

두윤은 계속 씨우적거렸다.

"제길, 대장이나 딱쟁이나 다 맘에 안 들어. 화냈더니 더 덥기만 하네."

시내에 나갔을 때 은행이나 현금지급기가 보이면 무조건 지원금을 확인해 보기로 했다. 분위기가 계속 가라앉고 있었다.

침묵의 순례가 시작되었다. 아무도 말하지 않으니 괜히 배만 더 고파지는 것 같았다. 매시근한 걸음들이 이어졌다. 걸으면서 혜연을 보았다. 혜연은 아무도 쳐다보고 있지 않았다. 금방이라도 울 것처럼 고개를 숙이고만 있을 뿐이었다. 혜연이 고개 숙인 모습을 보고 싶지 않았다.

"……저는 말이죠."

나는 침묵을 깨기 위해 말문을 열었다. 대장에 이어 부어족이 된 이유를, 자기소개를 할 생각이었다. 내가 입을 열자 혜연이 숙였던 고개를 들었다.

"가족이 있어서 부어족이 되었습니다. 가족이 없어서가 아니라, 가족이 있기 때문에요."

나는 어둠의 힘을 빌려 내 얘기를 했다. 어차피 어두워서 내 표정은 자세히 보이지 않으니 부끄러울 것도 없었다. 부모가 요행을 바라고 각각 집을 떠나 전국을 떠돌게 된 일과, 술래잡기하던 누나가 지쳐 집을 떠나 자신을 찾지 못하도록 얼굴을 바꿔 버린 일과, 크기가 계속 줄어들었던 내 집과, 고시원에서마저 쫓겨난 뒤 민기의 소개로 부어족 순례를 오게 된 일과……. 그 과정에서 소민의 얘기도 자연스럽게 해 버렸다. 왠지 혜연이 의식되어서 소민의 이야기는 안 하고 싶었지만 나도 모르게 흘러나와 버렸다.

대장처럼 멋지게 시를 읊은 건 아니었지만 어렵게 자기소개를 마쳤다. 뒤에서 걷던 혜연이 내 어깨를 두드려 주었다. 혜연의 손이 잠깐 닿았을 뿐인데 전기가 오른 것처럼 어깨가 찌릿찌릿했다. 시선을 앞으로만 두었다. 뒤돌아서 혜연의 눈을 마주할 자신은 없었다.

"우리들 중에 그럴 줄 알고 부어족이 된 사람은 없어요. 다들 어쩌다 된 거죠."

"그래, 다음엔 네가 어쩌다 부어족이 되었는지 들어 보자."

혜연의 말에 두윤이 바로 맞받아쳤다.

"그럼, 갈 길도 먼데 한번 얘기해 볼까요? 재미는 하나도 없지만. 제가 명품 때문에 빚이 생겨 부어족까지 되었다는 얘기는 전에 했었던 것 같은데, 왜 그랬는지 그 얘기를 할게요."

혜연이 조곤조곤한 목소리로 이야기를 시작했다.

제가 처음부터 명품에 중독되어서 명품 백을 샀던 건 아니었어요. 백을 사기 위한 게 목적이 아니라 친구를 만들기 위한 게 목적이었으니까요.

귀찮아하는 엄마를 졸라 위장 전입으로 강남에 있는 고등학교에 가는 데까지는 성공했지만, 그 이후가 문제였어요. 똑같은 교복을 입었기 때문에 생활환경의 차이가 두드러지지 않으리라 생각했던 것은 착각이었어요. 돈의 태가 나는 데에는 말이 필요 없더라구요. 책가방이나 롱패딩, 화장품, 슬리퍼, 하다못해 필통과 지우개 하나까지도 몇십만 원, 몇백만 원까지 엄청난 가격을 넘나들었어요. 그런 것들을 친구들 따라 사지 않으면 소외되기 마련이었어요.

남들은 걸어서 이십 분 걸리는 거리를 차로 한 시간 넘게 타고 오면서, 월세인 집에 살면서 그런 물건들까지 살 수는 없었어요. 제가 보통은 동네 문구점에서 물건을 사고, 더 무리한다고 해도 기껏해야 대형 마트에서 파는 가방이나 필통밖에 들고 오지 못한다는 것을 알게 된 이들은 저에게서 멀어지기 시작했어요. 학교에서 먹는 두 끼의 밥이 어느새 혼자 먹는 것으로 결정되어 버렸어요. 체육 시간에도, 음악 시간에도 홀로 이동해야 했지요. 매점에 가서 간식을 사 먹을 돈도 마땅치 않았지만, 혼자 매점에 가는 것도 쑥스러워 쉬는 시간에는 계속 엎드려 있었어요.

- 돈 필요하지?

반에서 소위 잘나가는 축이었던 미희가 어느 날 제게 말을 걸어왔어요. 청소 시간이라 다들 부산스러운 틈을 타 건너온 말이었어요. 저는 저한테 한 말이 아닌 것 같아 눈을 동그랗게 떴어요. 하지만 미희의 시선은 정확하게 저를 향해 있었어요. 저는 감격스러운 얼굴로 고개를 끄덕였어요. 미희는 방과 후에 후문 쪽에 있는 카페에서 보자고 했어요. 저는 태어나서 한 번도 가 보지 못했던 비싼 카페였어요.

천장이 높고 매장이 넓어 테이블과 테이블 사이가 광활한 고급스럽고 흰 카페에서, 거침없이 가장 비싼 그린티 프라푸치노 두 잔을 시킨 미희는 저한테 말했어요.

- 우리 무리에 들어오고 싶어?

저는 고개를 세차게 끄덕였어요. 혼자가 아니라면 가장 좋았고, 미희네와 함께 다닐 수 있다면 더 좋았어요. 아무도 저를 무시하지 못할 것 같았어요. 미희 같은 든든한 '빽'을 얻고 싶은 마음이 제일 컸어요. 한마디로 '명품 빽'이라고나 할까요.

- 마침 우리 무리 중에 한 명이 전학 가서 자리 하나 비었는데. 넌 얼굴이 예쁘니까 섭외하는 거야. 그런데 일단 가입 조건으로 백 하나만 있으면 될 것 같은데…… 내가 좀 도와줄까?

- 어, 어떻게……?

- 간단해. 집 보증금 있지? 그거 빼서 일단 사면 돼. 나도 처음에 그랬어.

- 보증금?

- 그래, 미리 당겨쓰고 나중에 갚으면 되잖아. 부모님한테는 비밀로 하고.

- 하지만 만약에 엄마가 알게 되면…….

- 그건 나중 문제고. 지금 왕따 당해서 괴롭게 학교생활 하는 것보다는 낫잖아? 잠깐 빌리는 거야. 아니면 투자하신 셈 치는 거일 수도 있지. 품위 유지비로.

왕따라고 거침없이 말하는 미희의 말에 가슴이 아렸어요. 미희의 말대로 일단 명품 백을 먼저 사고, 아르바이트해서라도 부지런히 모아서 갚으면 될 것 같았어요. 보증금은 말 그대로 보증해 주는 것이니 월세를 낼 수 있는 동안은 그대로 있는 돈이나 다름없다고 생각했으니까요.

솔직히 그때 생각은, 원조 교제 같은 것만 아니면 다 상관없을 것 같았어요. 그 말을 들은 저는 마음이 편해져서 비로소 앞에 있던 그린티 프라푸치노를 한 모금 마실 수 있었어요. 색이 참 예뻤어요. 연하고 푸른 새싹의 색이었죠. 그 색이 제 앞에 펼쳐지길 바랐어요. 그린티 프라푸치노는 며칠 분의 반찬값보다 비싼 음료였어요. 입안을 맴돈 그것은 천국의 맛이었어요.

한번 맛본 천국의 맛은 중독성이 강했어요. 저는 엄마의 휴대폰을 몰래 빌려 집주인에게 연락했어요. 엄마 목소리를 흉내 내면서 급하게 이사 가야 해서 방을 다시 구해야 하니 보증금을 빼 달라고 부탁했어요. 이 집에 새로 이사 올 사람은 지인을 추천하겠다고 하면서요. 평소에도 까다로운 편이 아니었던 집주인은 한 치의 의심도 하지 않았어요.

통장으로 들어온 보증금을 바로 현금으로 뽑았어요. 엄마가 통장 정리를 잘 하지 않기 때문에 가능한 일이었어요. 엄마는 식당에서 아침부터 밤까지 일하느라 평소에도 저한테는 신경 쓰지 않았어요. 집에 오자마자 피곤하다며 소주 한 잔씩 원샷 한 뒤에 바로 자 버렸거든요. 집주인이 엄마에게 보증금 얘기를 하기 전까지만 돈을 메워 놓으면 된다고 생각했어요.

보증금으로는 미희가 말해 준 백팩부터 샀어요. 새로 산 백팩을 들고 가자 반 아이들의 눈빛이 달라졌어요. 돈을 벌기 위해 햄버거 가게와 화장품 매장에서 아르바이트를 시작했어요. 아르바이트해서 번 돈으로 보증금을 메울 생각이었지만 품위 유지를 위해 새로운 물건들을 다시 사야 했어요. 화장품도 제가 일하는 곳에서 파는 제품과는 비교가 안 될 정도로 비싼 데서 사야 했고, 놀러 갈 때 입을 옷과 구두도 사야 했어요. 노래방이나 술집, 클럽에 갈 유흥비도 마련해야 했구요.

당연히 성적은 곤두박질치기 시작했어요. 그래도 상관없었어요. 친구들이 있어 외롭지 않다는 게 더 좋았어요.

"오, 얌전한 모범생인 줄 알았는데 제대로 놀았네. 뭐, 그런 속담 있지 않나? 얌전한 고양이가 부뚜막에 먼저 올라간다는 거."

두윤이 참지 못하고 한마디 했다.

"점점 말을 아슬아슬하게 하네요?"

혜연이 두윤을 흘겨보며 말했다. 두윤은 움찔하더니 뒷머리를 긁었다.

하지만 꼬리가 길면 밟히는 법이었어요. 모의고사 등수가 한 자리에서 세 자리로 밀려나자 엄마가 학교로 호출되었어요. 교무실로 불려 온 제 모습을 본 엄마의 표정은 금방이라도 울 것 같았어요. 엄마는 집에서 제가 자는 모습만 봤으니, 그동안의 제 변화를 몰라 그런 반응을 보이는 게 당연했죠. 저는 진하게 화장하고, 화려한 가방을 메고 힐까지 신고 있었어요. 옷을 갈아입은 뒤에 야자를 땡땡이치려다가 막 붙잡혀 와서 그런 차림일 수밖에 없었죠.

저는 그 자리에서 엄마에게 등짝을 세게 얻어맞았어요. 집에 왔을 때는 집 앞에 서 있던 집주인 때문에 제가 보증금을 뺐다는 사실까지 밝혀졌어요. 집주인은 왜 약속한 날짜에 이사를 안 가는지 물어보려고 기다렸던 거였어요. 이번에는 엄마에게 뺨을 두 대나 맞았어요.

집에 오자마자 엄마는 부엌에서 쓰는 큰 가위를 들고 제 머리를 귀밑 삼 센티미터로 잘라 버렸어요. 그리고 가위를 손에 든 채 울기 시작했어요. 엄마가 술을 마시지 않은 맨정신으로 우는 걸 보는 건 그때가 처음이었어요. 엄마의 눈물을 보니 정신이 번쩍 들더라구요. 저도 울면서 잘못을 빌었어요.

그리고 위장 전입했던 학교를 떠나 원래 전입해야 했던 학교로 되돌아갔어요. 성적도 점차 제자리로 돌아왔어요. 미희와는 간간이 연락하기는 했지만 수능이 끝날 때까지는 만나지 않기로 다짐했어요. 명품 백도 팔고 아르바이트비를 보태 보증금도 다시 넣었어요.

"잠깐의 일탈이었구만. 부어족이 되기에는 부족해 보이는데?"

"얘기는 끝까지 들어 봐야죠."

또다시 이야기의 맥락을 뚝뚝 끊는 두윤의 핀잔에 나도 한마디 얹었다.

마음 잡고 공부해서 서울에 있는 대학교에 간 뒤에 옛날 버릇이 다시 생겼어요. 이번에는 성인이라 제약이 없다는 점에서 더 위험했어요. 몇 달 동안 아르바이트를 해서 목돈이 모이자마자 백부터 먼저 샀어요. 대학교에 와서 연락이 닿아 다시 만난 미희는 저에게 바람을 제대로 불어넣었지요. 이제 결혼식 같은 데 다닐 일도 많을 텐데 아무거나 들고 나가는 거냐, 이제 명품은 사치품이 아니라 투자하는 거다, 샤테크라는 말 못 들어 봤냐, 네가 들고 나가는 명품이 너의 가치가 될 것이다…….

미희의 말은 명품 백이 사회생활을 하기 위한 필수품이라는 생각을 들게 하기에 충분했어요. 사람들과 다시 어울리기 위해 저는 명품 백을 사기 시작했어요. 비싼 걸 한번 사기 시작하니 싼 것들은 눈에도 들어오지 않았어요.

확실히, 명품 백을 들고 다니면 남자들과 친구들이 다가오기는 해요. 그들이 모두 내 조건을 보고 다가온다는 것을 깨닫지 못하고 나를 진짜로 좋아한다고 믿었던 게 잘못이기는 하지만…….

처음에는 현금으로 샀지만 점차 카드로 백을 사기 시작했어요. 카드빚을 갚기 위해 과외를 서너 개씩 뛰어도 어림없었어요. 그 돈으로는 등록금과 생활비를 충당하기에도 벅찼어요. 그래도 애써 산 명품 백들을 팔고 싶지 않았어요.

저를 견디지 못한 엄마는 식당까지 그만두고 전주에 사는 이모에게 내려가 버렸어요. 저한테는 너도 이제 성인이니 네 마음대로 살라는 말만 남긴 채……. 엄마가 없으니 제 행동은 더 자유로워졌어요. 월세 보증금을 빼고, 고시원으로 옮겨 가면서도 명품 백들을 들고 다녔어요. 대학교도 휴학하구요. 백들을 '아기'라고 하면서 매일 닦아 주고 어루만져 줘야 잠이 왔어요. 잠잘 때도 백들에 둘러싸인 채였죠.

"앗 혹시, 유튜브에 명품 백 리뷰어로 나왔던 분 아니세요? 이제 보니 얼굴이 낯익은 것 같아요!"

뒤쪽에서 날아온 목소리에 혜연이 말을 멈췄다. 두윤도 옆에서 거들었다.

"그러고 보니 나도 봤던 것 같은데…… 명품 백에 둘러싸여 잠들었다는 걸 보니 생각나네. 밥은 안 먹어도 백은 사야 한다고 했었나? 품위 유지해야 한다면서. 그때 연예인도 아니면서 재는 꼴이 우습긴 했는데."

혜연의 얼굴이 붉어졌다. 그 표정은 자신이 유튜브에 나왔음을 시인하는 거였다.

이미 눈치채셨듯이 저는 유튜브에 출연한 적이 있어요. 일상 브이로그에서 자물쇠가 이중으로 된 고시원 방을 공개하고, 굶거나 삼각 김밥을 먹으면서도 명품 백을 들고 다니는 모습을 보여 주었어요. 주위에서 누가 뭐라고 하든 당당하게 해야 한다는 게 핵심이었어요. 댓글에 악플이 달리기도 했고 제 이름과 얼굴까지 박제되었지만 저는 아랑곳하지 않았어요. 간혹 저의 솔직함과 당당함을 인정해 주는 댓글도 있었으니까요. 무엇보다 저에게는 열다섯 개의 명품 백이 보물처럼 있었으니까, 언제든 외롭지 않았어요.

그런데 방송이 나간 지 한 달이 지났을 때였어요. 어느 날, 잠을 자고 있다가 갑자기 숨이 막히고 목이 졸리는 느낌에 눈을 떴어요. 눈을 떠 보니 방에 연기가 자욱했어요. 저는 기침하면서 문을 열었어요. 아니, 열려고 했어요. 하지만 손잡이가 너무 뜨거워 비명을 질렀어요.

밖에서도 이미 비명이 요란했어요. 저는 책상 위에 있던 생수병을 열어 이불에 물을 적셨어요. 침대보를 빼내자 침대 위에 있던 백들이 바닥으로 떨어졌어요. 그중 아무거나 주워서 양쪽 어깨에 걸쳤어요. 침대보 한쪽으로 코를 막고 남은 침대보로 문고리를 잡고 돌렸어요. 문을 열자마자 침대보를 뒤집어쓰고 현관 쪽으로 달려 나갔지요. 다행히 제 방이 입구와 가장 가까이에 있었어요. 바깥 공기가 코 안으로 들어오자 밀린 기침이 터져 나왔어요.

미리 대피해 있던 이들이 저한테 방에 자물쇠가 많아서 열 엄두가 안 났다고 변명했어요. 하지만 저는 진실을 알 수 있었어요. 명품 백을 가지고 있었는데도, 그들은 결국 저를 따돌리고 자기들끼리만 대피한 거였어요. 명품 백이 있었는데도 저는 선택받지 못한 거예요. 저는 그 자리에 맥없이 쓰러졌어요.

병원에서 일어났을 때는 모든 것이 달라져 있었어요. 겨우 떠메고 나왔던 백들은 제가 쓰러진 사이에 누가 주워 갔는지 하나도 보이지 않았어요. 저에게 남은 것은 하나도 없었어요. 가지고 있는 것은 바지 주머니에 넣어 두어 무사했던 명품 지갑 하나뿐이었어요.

저는 퇴원하고 난 뒤 곧장 동사무소에 갔어요. 이 꼴로 엄마에게 가느니 부어족이 되는 게 나았어요. '집 주소가 미로가 되었다'라고 신고하자 동사무소 직원이 전단지를 건네주었어요. 부어족 순례에 대한 안내문이었어요. 로마족 사진이 크게 박혀 있었지요. 로마족, 하고 소리 내서 발음해 보았어요. 낯설지만 끈끈했어요. 명품 백 이름처럼 멀고도 가까워 보였어요.

저는 마지막으로 남은 지갑을 팔아 배낭과 침낭을 샀어요. 침낭이 든 배낭을 어깨에 둘러메 보았어요. 배낭은 명품 백보다 훨씬 무거웠지만, 이상하게도 마음만은 가볍더라구요.

혜연의 말이 끝나자 고해성사라도 들은 것처럼 조용해졌다. 나는 그나마 원망할 가족이라도 있었지만 혜연은 탓할 사람이 없다는 게 더 문제였다. 혜연은 집을 찾기 위해 순례하는 것이 아니라 그동안의 자신을 벗어던지기 위해 순례를 하고 있는지도 몰랐다. 공공연하게 자신의 이야기를 해 버렸으니 지금의 내 속처럼 혜연의 속도 시원할 것 같았다. 혜연의 표정이 한결 편해 보였다. 나도 혜연이 나한테 했던 것처럼 어깨를 두드려 주고 싶었지만, 어쩐지 손이 쑥스러워 눈만 겨우 마주치는 거로 대신했다. 혜연이 작게 웃었다.

드라마 예고편을 계속 보는 것처럼 지루한 행보가 끝없이 이어졌다. 허든거리는 걸음들 때문에 대열이 자꾸 흐트러졌다. 그나마 가로등이 드문드문 나타나기 시작해서 어둠이 좀 덜했다. 가로등이 나타나면서 주택이나 아파트까지 보이기 시작했다. 불이 꺼진 집들이 많았다. 하루를 일찍 마무리하는 사람들이라면 평화롭게 자고 있을 시간이었다.

사람이 사는 흔적인 집들이 드러나자 그곳에 사는 사람들도 나타나기 시작했다. 귀가하는 것처럼 보이는 직장인들과 학생들이 대부분이었다. 이어폰으로 음악을 듣거나 휴대폰을 들여다보고 있던 이들은 우리와 눈이 마주치자마자 관심없다는 듯 눈길을 돌렸다. 우리의 차림이 튀는 건 아니었지만 아무런 감정이 담기지 않은 색깔 없는 시선을 받으니 민망해졌다.

한참을 더 걸어가자 드디어 우리에게 관심을 보이는 사람들이 나타났다. 우리의 반대편에서 오고 있던 여자와 아이가 우리를 보고 걸음을 멈췄다. 여자는 삼십 대 후반인 듯했는데 얼굴에 그늘이 가득했고 대여섯 살쯤 되어 보이는 여자아이는 손에 생수병을 들고 있었다. 꽁꽁 얼어 있는 병이었다.

그것을 보자 군침이 절로 넘어갔다. 밤에 걸어도 목이 마른 것은 마찬가지였다. 텁텁한 공기는 목구멍을 자꾸 메마르게 했다. 내 표정을 봤는지 아이가 나에게 물을 내밀었다. 순한 눈빛이었다. 그 물병을 받기 위해 나도 손을 내밀었다. 조금만 더 다가가면 물병과 손이 감동적으로 악수하는 장면을 연출할 수 있을 것 같았다. 하지만 내가 물병을 받기 전에 여자가 아이에게서 물병을 뺏는 것이 먼저였다.

"지은아, 저런 사람들한테 이런 거 주면 안 돼."

누나와 같은 이름이 나오자 순간 움찔했다. 부모도 까마득한 옛날에는 저렇게 누나를 불렀을 때도 있었을 것이다.

아이는 여전히 내 얼굴을 바라보고 있었다. 나 같은 사람들이 누군지 모르니 순수하게 목마른 얼굴만을 봤을 것이다. 부어족이라는 이유로 신뢰를 잃고 물 한 모금 얻어 마실 수 없다는 것에 가슴이 쓰렸다. 아이는 우리를 지나치면서도 한 번 더 뒤돌아서 내 얼굴을 봤다. '저런 사람'이라는 말을 들었는데도 '이런 거'를 주면 안 되는 '저런 사람'에게 여전히 맑은 눈빛을 보내고 있었다. 아이에게 억지로 미소를 지었다.

조금 더 가니 자동차와 사람들이 늘어나고, 가게들이 늘어선 풍경들도 나타났다. 시내에 진입한 모양이었다. 길가에서 파는 떡볶이나 핫도그 집을 지날 때마다 음식 냄새 때문에 동공이 풀렸다. 배고프다고 투정 부릴 나이는 아니었지만 누가 툭 치기라도 하면 그 자리에 주저앉아서 배고프다고 울고 싶었다. 마을에서 얻어 온 이른 점심을 먹은 뒤에는 아무것도 먹지 못했다.

우리가 자기도 모르게 코를 벌름거리는 것을 눈치챘는지

대장은 떡볶이집으로 다가갔다. 기대에 찬 열한 명의 시선이 대장에게로 쏠렸다. 우리의 기대와 달리 대장은 편의점 위치만 알아보고 왔다. 지원금을 인출하기 위해서였다. 부어족들의 얼굴에는 다시 실망한 기색이 역력했다. 이제 기댈 건 지원금밖에 없었다.

그때, 가까운 곳에서 진동 소리가 들렸다. 휴대폰이 울리는 소리 같았다. 다들 자신의 주머니나 배낭을 뒤지기 시작했다. 나야 어차피 휴대폰이 정지되어 있었으니 꺼낼 필요도 없었다. 그런데 휴대폰을 꺼내 든 부어족마다 모두 고개를 갸웃거렸다. 두윤이 내 어깨를 툭 치며 말했다.

"혹시 네 휴대폰 아냐?"

두윤의 말을 듣고 배낭을 뒤져서 휴대폰을 꺼내 보았다. 놀랍게도 내 휴대폰이 울리고 있었다. 발신 번호는 햇살 무늬 고시원이었다. 전화를 받자마자 주인의 날카로운 목소리가 귀청을 때렸다.

- 학생, 지금 우리 소민이랑 같이 있어?

갑자기 튀어나온 소민의 이름에 말문이 막혔다. 침을 한 번 삼킨 뒤에 대답했다.

"아뇨, 고시원 나온 뒤로는 한 번도 본 적이 없는데요……."

- 아니, 그럼 어딜 간 거야? 학생 이름을 몇 번 얘기하기에 둘이 친한 줄 알았지. 혹시 소민이한테 연락 오면 꼭 좀 알려 줘.

"……집을 나간 겁니까?"

- 그럴 애가 아냐. 시험 공부 때문에 도서관에서 밤새운다고 나가 놓고 아직도 안 들어온 게 벌써 이틀째야. 그래서 지금 수소문하고 있는 중인데……. 메시지는 읽는데 걱정 말라는 답장 달랑 하나 온 뒤에는 전화도 안 받고, 메시지 답도 없어. 경찰에 신고라도 해야 하나……. 하여튼, 같이 안 있다니까 이만 끊을게. 지금 학생 상황도 별로 안 좋을 텐데.

주인은 내 대답을 듣지도 않고 자기가 하고 싶은 말만 한 뒤에 전화를 끊었다. 뱃고동 소리처럼 길게 늘어지는 신호음에 멍했던 정신이 돌아왔다.

정지된 줄 알았던 휴대폰이 된다는 것에 기뻐할 겨를도 없이 소민이 걱정되기 시작했다. 가출할 것 같은 이미지는 절대 아니었는데. 고시원에서 나올 때 인사도 제대로 못 한 게 걸렸었는데 역시 얼굴을 봐 둘 걸 그랬다. 소민의 번호로 전화를 걸어 보았지만 받지 않았다. 연락 달라고 문자를 남겼다. 전송 버튼을 누르는 것과 동시에 대장이 우리 쪽으로 다가왔다. 편의점의 위치를 알아 온 모양이었다.

편의점은 멀지 않은 곳에 있었다. 열세 명의 부어족들이 한꺼번에 들어가자 넓지 않은 편의점 안이 꽉 찼다. 들어가자마자 잘 익은 컵라면 냄새가 코끝을 스쳤다. 그토록 그리웠던

MSG의 향기였다. 나도 모르게 숨을 깊이 들이마시면서 냄새를 콧속으로 빨아들였다. 입보다 코로 먼저 다 먹은 것 같았다. 이걸 컵라면 테라피라고 해야 하나. 하루 동안 몸속에 농축되어 고여 있던 피로가 삽시간에 빠져나가는 것 같았다.

에어컨 바람 덕분에 이마의 땀도 금방 식는 것 같았다. 현금지급기는 삼각 김밥과 샌드위치, 도시락을 진열해 놓은 냉장고 옆에 있었다. 대장이 먼저 현금지급기로 가서 돈을 찾기로 했다. 대장은 비장한 얼굴로 현금지급기 쪽으로 갔다. 그 동안 우리는 무엇을 먹을지 미리 고르기로 했다. 곧 눈앞에 있는 음식들을 입안에 넣을 수 있다는 생각에 아드레날린이 솟구쳤다. 컵라면과 과자와 빵들을 쓸어 담듯이 양손에 쥐었다. 현금을 뽑아서 계산하는 잠깐의 과정만 거치면 드디어 이 보물들을 닥치는 대로 입에 집어넣을 수 있었다.

그때, 대장의 목소리가 들렸다.

"다들 동작 그만!"

카메라를 든 내현을 제외하고 음식들을 잔뜩 들고 있던 우리는 놀라서 대장 쪽을 쳐다보았다. 대장이 굳은 얼굴로 한 손을 들어 올리고 있었다.

"아직 지원금이…… 오지 않았다."

그 말에 모두의 얼굴이 대장과 똑같이 굳어졌다. 두윤은 낮게 욕을 내뱉었다. 에어컨 바람에 식었던 얼굴이 분노로 달아올랐다.

지원금은 마지막 희망이었다. 대부분 가진 돈을 다 털어서 회비로 냈고, 가지고 있던 통장엔 잔고가 바닥난 지 오래였다. 그 정도의 절박함이 없다면 부어족의 순례에 오지도 않았을 터였다.

두윤이 사람들을 밀치고 현금지급기 쪽으로 갔다. 하지만 이내 대장과 똑같은 표정으로 물러섰다. 다른 부어족들도 자신의 통장들을 확인해 보았지만 마찬가지였다. 현금지급기에서 비켜서자마자 남자든 여자든 가릴 것 없이 짜증스러운 말을 내뱉었다.

마지막은 내 차례였다. 나 역시 축 처진 어깨로 기대 없이 통장을 확인했다. 차압을 피해서 힘들게 만든 마지막 통장이었다. 기대는 단 한 방울도 없었지만 최소한의 행동은 해야 했다. 순례도 엄연히 단체 생활이었으므로 돈을 찾으려는 시늉이라도 할 필요가 있었다.

그런데, 다른 사람들과 달리 통장 잔고는 0원이 아니었다.

이십만 원이라는 금액이 버젓이 찍혀 있었다.

물론 그사이에 휴대폰 미납 요금이 빠져나가는 바람에 이십만 원 중에서 남은 돈은 칠만 원뿐이라는 게 함정이기는 했다. 그렇다고 해도 완전한 무(無)가 아니라는 것은 엄청난 차이였다.

나만 지원금이 들어온 건가?

놀라서 돈을 입금한 사람을 확인했다. 그런데 입금자가 동사무소 같은 관청이 아니었다. 돈을 보낸 사람도 한 명이 아니었다. 두 명이 각각 십만 원씩 보낸 거였다.

통장에는 보낸 사람의 이름 대신 단 두 마디만 적혀 있었다.

'미안하다'

'기다려줘'

눈물이 핑 돌았다. 통장에 찍힌 글씨가 목소리 같아서였다. 약속이나 한 듯이 이름을 숨기고 보낸 두 개의 메시지는 한 사람의 목소리처럼 이어졌다. 나한테 이런 말을 할 사람은 세 사람밖에 없었다. 엄마, 아빠, 누나.

그중에서 나에게 돈을 보낼 사람을 생각해 보았다. 일심동체라는 말을 이럴 때 써도 될지 모르겠지만 부모는 성향이 잘 맞았다. 다른 부모들처럼 경제 활동을 해서 자식들에게 용돈을 줄 사람들이 아니라는 점에서 그랬다. 하지만 내 계좌 번호를 아는 사람 또한 그들뿐이었다. 누나는 내가 통장을 만들기도 전에 집을 나가 버렸으니까. 돈이 생겼다고 해도 아들 먼저 챙길 사람들이 아닌데. 머리가 복잡해졌다.

머리는 머리대로 생각하더라도 빈 배는 채워야 했다. 나는 모두에게 지원금은 없지만 가족들이 돈을 보내 준 것 같다고 얘기했다.

"그 막장 가족이?"

두윤은 반가워하면서도 놀랍다는 말투로 말했다. 그 말에는 그저 웃기만 했다.

칠만 원을 모두 뽑아서 그만큼의 먹을거리만 샀다. 지원금을 받으면 최대한 아끼고, 빚은 내지 않는 게 좋을 것 같았다. 돈을 쓰는 순간 체불된다는 것은 이십 층 높이의 건물 옥상 난간에 몸을 반만 걸친 기분이었으니까. 그나마도 옥상 아래로 떨어지지 않게 몸을 잘 지탱하고 있어야 했다.

편의점이 비좁은 터라 앉을 자리도 부족해서 선 자리에서 컵라면과 과자와 빵을 씹어 삼켰다. 컵라면을 먹으면서 부모에게 전화를 걸어 보았지만 둘 다 받지 않았다. 이 번호는 당분간 통화할 수 없다는 안내 음성만 나올 뿐이었다. 이번에도 둘이 짜기라도 한 듯이 휴대폰을 정지시켜 놓은 것 같았다. 부모와 나 사이를 잇는 가느다란 끈마저 사라졌다. 원래도 없었다고 생각했던 끈이었지만 막상 실체를 확인하고 나니 갑자기 컵라면 맛까지 떨어지는 기분이었다. 부모와의 술래잡기는 앞으로도 오랫동안 계속될 전망이었다.

한동안 말없이 음식을 먹는 소리들만 이어졌다. 배 속에 들어가는 게 있어야 말할 힘도 다시 생길 것 같았다.

그때, 몇 개 안 되는 의자에 앉아 조용히 컵라면 국물을 마시고 있던 내현이 갑자기 숙였던 고개를 들고 말했다.

"……전 더 이상 못 가겠어요."

건너편에 서서 단팥빵을 뜯어 먹고 있던 대장이 놀란 얼굴로 내현을 쳐다보았다. 내현은 아랑곳하지 않고 말했다.

"차라리 서울역에서 침낭 깔고 자는 게 낫지, 이렇게 대책 없이는 더 못 가겠다구요."

"맞아요. 25기라고 해서 경험 많으신 분이 운영할 줄 알았는데 개한테 쫓기기나 하고, 회비 관리도 안 되고, 솔직히 혼자 가는 게 더 나을 것 같아요."

"저도 이걸 왜 해야 하는지 이젠 이유를 모르겠어요. 후기 보니까 다들 집도 잘 찾고, 새로운 시작을 했다고 하기에 믿고 왔는데 속은 기분이에요. 후기도 알바 써서 조작한 거 아니에요?"

"저도 아까부터 계속 얘기하고 싶었는데…… 이제 순례 포기하려구요."

"저도요."

"저도 그만할래요."

내현이 얘기를 꺼내기 시작하자 여기저기에서 자그락거리는 말들이 터져 나왔다. 배가 부르고 마음이 느긋해지면 더 긍정적인 생각을 할 줄 알았는데 아니었다.

사실은 나도 같은 생각이었다. 아직 마음에 드는 집을 발견하지도 못했고, 소민이 집을 나갔다는 것을 안 데다 길에서까지 무시받자 기가 꺾였다. 어떻게든 헤쳐 나가 보려고 선택한 순례였지만 이건 순례가 아니라 그냥 고생이었다. 게다가 부모가 돈을 보내 줬다는 사실을 알고 나자 부모가 어떻게 살고 있는지 궁금해지기도 했다. 아예 더 적극적으로 부모와 누나를 찾아봐야 할 것 같았다.

부어족들의 말을 듣고 있던 대장이 빵 봉지를 움켜쥔 채 말했다.

"배 채우자마자 힘내서 한다는 소리가 고작 그거야? 지금 포기하면 아무것도 안 돼. 지금까지의 순례도 다 이렇게 고생고생하면서 나간 거지, 그냥 얻어진 거 아냐. 제대로 낙오되는 게 어디 쉬운 줄 알아?"

"저기, 다른 손님들이 못 들어오셔서 그러는데 나가서 얘기해 주실래요?"

대장의 언성이 높아지자마자 편의점 직원이 싸늘한 말투로 얘기했다. 대장은 헛기침하면서 밖으로 나갔다.

우리들은 서로를 쳐다보았다. 두윤은 생각에 잠겨 있었다. 혜연은 아무 표정도 보이지 않았다. 몇몇은 서로에게 눈짓으로 신호를 보내면서 고개를 끄덕이고 있었다.

편의점을 나오자마자 대장을 중심으로 부어족들이 주변을 둘러쌌다. 대장을 포위하고 있는 듯한 형상이었다. 대장은 이런 일이 처음이 아니라는 듯 덤덤한 표정으로 우리들을 한 명 한 명 둘러보았다.

대장에게 묻고 싶은 게 많았다. 순례를 시작할 때 서울역 광장에서 했던 질문들과는 성격이 달랐다. 처음부터 이렇게 계획 없이 하는 순례였는지, 로마족을 위한 서명을 한다는 것도 핑계에 불과한 건지, 앞으로 가야 할 길에는 무엇이 있는지…… 그 대답을 따지고 보면 볼수록 아무것도 남는 게 없는 것 같았다.

"앞으로 저희는 어떻게 되는 겁니까? 대책이라도 있어요?"

경수가 대장에게 큰 소리로 물었다. 대장은 무겁게 고개를 저었다.

"음, 이런 적은 나도 처음이라 앞으로 어떻게 될지 장담할 수 없네. 운에 맡겨야겠지."

"원래 이런 식입니까? 교회나 폐가에 집을 얻었던 것도 순전히 운에 따른 거지, 대장의 능력 때문은 아니잖습니까?"

"능력이라는 게 별거 없어. 그렇게 집을 구하는 게 부어족들의 숙명이지."

"저희는 잠시나마 안정을 찾고 싶은 거지, 이렇게 길 위에서 불안정하게 있고 싶어서 순례를 떠난 게 아닙니다!"

언성이 높아지자 주변에 있던 사람들이 우리를 쳐다보았다.

나는 나도 모르게 손에 들었던 깃발을 슬그머니 감췄다. 돌아가면서 깃발을 들자고 했던 대장의 말과는 달리 두윤과 대장이 한 번씩 들었던 것 빼고는 언제부터인지 깃발은 내 전담이 되고 있었다. 우리의 말만 들어도 부어족이라는 게 들통나기는 했지만 확실한 증거인 깃발만큼은 감추고 싶었다.

대장은 무거운 목소리로 말했다.

"어쨌든 내 잘못이 없지는 않으니 순례에서 빠지거나 되돌아간다고 해도 말리지는 않겠네. 남을 사람만 남도록."

그 말이 끝나자마자 인원의 절반이 되는 여섯 명이 한 걸음 뒤로 물러났다. 순례에서 빠지겠다는 표시였다. 경수도 여섯 명 중의 한 명에 포함되었다. 두윤은 끝까지 가 보겠다는 심정인지 제자리에서 팔짱을 끼고 있었다. 혜연은 고개를 숙인 채 아무 말 하지 않았다. 내현은 이런 상황에서도 카메라만 들여다보고 있었다.

나는 거꾸로 든 깃발을 바라보았다. 어떻게 해야 할지 감이 잡히지 않았다. 되돌아간다고 해도 문제고, 계속 가도 문제였다. 여섯 명 외에는 더 이상 움직임이 없었다.

한참 동안 침묵이 이어졌다.

대장이 헛기침한 뒤 말을 다시 시작하려고 할 때였다. 우리 쪽으로 경찰 두 명이 다가왔다. 경찰 복장을 보자마자 괜히 긴장되었다. 경찰들은 단 한 순간도 머뭇거리지 않았다. 정확히 대장 쪽으로 똑바로 걸어와서 말했다.

"경찰서에 함께 가 주셔야겠습니다."

"……무슨…… 일이신지……?"

"지금 부어족 순례를 하고 계시는 중이시죠?"

"네, 그렇습니다만……."

"부어족 순례 팀으로부터 신고가 들어왔습니다. 누가 부어족 순례를 사칭해서 다니고 있다구요."

경찰의 말에 우리는 벌어진 입을 다물지 못했다. 사칭이라는 이름을 가진 깊은 강물에 빠진 것 같았다. 더 이해할 수 없었던 것은 대장의 반응이었다. 대장은 사칭이라는 단어를 듣고 놀라지도, 화를 내지도 않았다. 그저 올 것이 왔다는 표정으로 입을 굳게 다물었다.

우리들은 경찰들을 따라 걸음을 옮기기 시작했다. 내 옆에 있던 대장이 조심스럽게 배낭을 열더니 뭔가를 꺼내 내 손에 쥐여 주었다. 대장의 수첩과 서명지였다. 영문을 모르는 채였지만 일단 그것들을 받아서 내 배낭에 넣었다. 머리는 얼떨떨했지만 손동작만큼은 빨랐다. 대장에게 무슨 일이 생길지 모르니 나에게 맡겨 두려는 것 같았다.

걸음을 옮기면서도 지금 움직이고 있는 게 내 다리 같지 않았다. 어쩌다 온 순례에서 어쩌다가 여기까지 온 걸까. 아무리 생각해도 뭔가 굽질렀다. 잘못되어도 아주 한참 잘못되었다.

불발탄들

열세 명의 부어족이 몰려들자 좁은 경찰서 안이 꽉 들어찼다. 순례를 포기하고 도망가려던 여섯 명의 부어족도 꼼짝없이 같이 와야 했다. 도망을 못 가 억울하다는 생각보다는 진실을 알고 싶어서 안달 난 듯한 표정이었다. 경찰이 했던 말은 모두 꿈 같았다. 사칭이라니, 우리가 했던 순례가 가짜라는 것은 아무리 생각해도 이해가 가지 않았다. 그래야 할 이유가 없었다. 어디에서부터 잘못된 것인지 알 수 없었다. 머릿속이 어지러웠다.

처음에 대장에게 말을 걸었던 경찰관은 의자에 앉자마자 대장을 취조하기 시작했다. 대장이 경찰관의 건너편에 앉고, 우리는 그 뒤를 병풍처럼 둘렀다. 대장의 얼굴은 두려워하는 것이 아니라 무언가를 숨기는 것처럼 딱딱하게 굳어 있었다. 그런 얼굴은 처음이었다.

"신고는 누가 한 겁니까?"

두윤이 물었지만 경찰관은 들은 척도 하지 않고 대장에게 물었다.

"이름과 주민등록번호."

대장이 이름과 주민등록번호를 말했다. 명찰에도 적혀 있지 않고 우리에게도 한 번도 말해 준 적 없던 이름이었다. 이름도 지극히 평범했다. 이현준. 이현준 대장은 그동안 우리에게 보여 줬던 모습과는 다르게 고개를 살짝 숙인 채 작은 목소리로 대답했다. 대장이 그렇게 작은 목소리로 말한 것도 처음이었다. 굳은 표정이 풀리는 대신 목소리가 점점 굳어 갔다.

경찰관이 왜 가짜 순례를 했는지 묻자 대장이 대답하기 시작했다. 경찰에게 가짜 순례가 아니라는 말을 하지 않았다는 것은 우리가 하는 순례가 가짜라는 것을 인정하는 거였다. 그동안 새카맣게 모르고 있었던 순례의 정체가 덧드러나고 있었다.

"……실험 때문이었습니다."

"실험?"

우리는 입을 모아 동시에 소리쳤다. 나는 나도 모르게 들고 있던 깃발로 바닥을 몇 번 내리찍었다. 두윤은 특히 흥분한 목소리로 외쳤다.

"그게 대체 뭔 소리야? 우리가 무슨 실험실 쥐야? 우리 가지고 어떤 실험을 한 거야?"

"……."

"……극한 상황에 처했을 때 인간들이 얼마나 부정적인 반응을 보일지 실험한 거죠."

대장이 말을 못 하고 있을 때, 내현이 대신 대답했다. 우리는 모두 내현 쪽을 보았다. 내현은 맨 오른쪽 가장자리에 선 채 팔짱을 끼고 있었다.

"당신도 한패였어?"

두윤의 말에 내현이 어깨를 한 번 으쓱했다. 미안하다는 태도는 전혀 보이지 않았다. 아니, 미안해야 할 필요가 전혀 없다는 듯한 태도였다.

"한패라고 물으면 그렇다고 말하는 게 진실에 가깝겠죠. 제가 이현준 씨에게 실험에 관한 제안을 먼저 했으니까요."

"당신은 대체 누구야?"

"저는 '인간행동연구소' 연구원입니다. 이번에 연구소에서 인간이 극한 상황에 처했을 때 얼마나 부정적인 행동 변화를 보이는지 연구하는 프로젝트를 따게 되었죠. 국가에서 지원해 주는 거라 프로젝트비가 꽤 커서 포기할 수 없었어요."

"……."

"실험 대상을 물색하다가 부어족들은 인생에서 갑작스러운 추락의 경험을 하게 되니, 그만큼 극한 상황에서의 변화를 보여 주는 것에 적합하다고 생각해서 선택했어요. 그래서 자세히 조사해 보다가 부어족들이 순례한다는 것을 알게 되어서 또 다른 부어족 순례를 계획하게 된 거구요."

"그럼 대장도 부어족이 아닌 거야?"

"아니, 난 부어족이 맞아."

대장이 여전히 고개를 숙인 채 대답했다.

"다만 공식적인 대장이 아니었을 뿐이지. 실험에 동의하고 끝까지 협조해 주면 지원금의 스무 배 되는 돈을 준다고 해서……."

나도 모르게 손에 들고 있던 깃발을 떨어뜨렸다. 이제는 바닥을 찍을 힘뿐만 아니라 깃발을 손에 들 힘도 없었다. 깃발이 바닥에 떨어지면서 큰 소리를 냈지만 아무도 그쪽으로 고개를 돌리거나 어깨를 움찔거리지도 않았다. 그만큼 모두 충격이 큰 것 같았다.

이제야 그동안 내현이 우리의 사진을 찍은 이유를 깨달았다. 실험 참가자들의 프로필이 필요했던 것이다. 프로필 사진을 몰래 찍다니, 초상권 침해를 대놓고 한 셈이었다.

왜 카메라 속에 우리가 즐겁게 지냈던 시간이 담겨 있지 않았는지도 알 수 있었다. 극한 상황이 실험 조건이라면 즐거운 모습을 담은 사진들은 필요가 없었다. 연구 보고서에는 사족 같은 사진들을 담을 필요가 없을 것이다. 즐거웠던 시간을 따로 간직할 정도로 내현이 사근사근한 성격도 아니었다.

내현은 정말이지 잉여스러운 감정은 하나도 내보이지 않고 가짜 순례 내내 연구원으로서의 역할에만 충실했다. 어떤 면에서는 존경스럽기까지 했다. 진정한 프로였다. 지금 경찰서에서조차 내현은 동요하지 않았다. 무려 애써서 계획한 실험이 어그러진 것이었는데도.

경수가 혼잣말하는 것처럼 중얼거렸다.

"그럼 중간에 회비가 없어진 것도……?"

"그래, 그 두 사람도 우리 연구원이야. 지금쯤 연구소에서 내가 문자로 보내 주는 내용을 토대로 보고서를 열심히 작성하고 있겠지. 일이 계획대로 잘 풀리고 있었는데…… 누가 신고했는지는 모르지만 잘나가던 실험을 망쳐 버렸어. 두윤은 그래도 우리 실험에 제일 협조적이라 좋았는데……, 저 사람이 문제였어."

내현이 갑자기 나를 가리켰다. 모두 내 쪽을 쳐다보았다. 얼굴이 달아올랐다. 실험인 줄도 물론 모르고 있었지만 문제가 될 만한 행동을 한 것도 없는 것 같았다. 이 시점에 이런 식으로 시선이 집중되는 건 원하지 않았다.

"협조적이라니, 내가 언제 그딴 실험에 협조했단 거야?"

두윤이 화를 내며 말했지만 내현은 내 쪽만 바라보며 이야기했다.

"지욱 군이 자꾸 부어족 순례를 쓸데없이 즐겁게 만들려고 하잖아. 이게 무슨 심심풀이 게임인 줄 아나. 긍정적인 말로 기운을 북돋질 않나, 공놀이하자고 하질 않나. 그때마다 짜증나 죽을 뻔했어. 내가 속으로 극한 상황을 제발 극복하지 말기를 얼마나 바랐는지 알아? 이현준 씨도 지원금 생각이 안 나는지 자꾸 낭만적인 이야기나 하고 말이야. 조마조마했던 적이 한두 번이 아니었어. 마음이 약해 빠져 가지곤."

"잠깐, 여긴 성토대회장이 아닙니다. 개인적인 얘기들은 나중에 하시고."

경찰이 중간에 끼어들어서 우리를 저지했다.

"그럼 유내현 씨와 이현준 씨, 두 분이서 실험을 계획했다는 말이군요. 다른 사람들은 상황을 모른 채 실험 참가자가 된 거고. 맞습니까?"

"네, 맞아요."

"네, 맞습니다."

내현이 경찰에게는 고분고분하게 대답했다.

"아무리 실험이었다고 해도 순례를 사칭한 건 사실이고, 실험 참가자들을 속인 것도 맞으니 몇 가지 조사를 더 받으셔야겠습니다. 다른 분들은 일단 대기하십시오."

경찰이 말을 끝내자마자 다른 경찰들이 우리의 등을 떠밀며 내보내려 했다. 머릿속이 아직도 울렸지만 생각보다 행동이 앞섰다. 내현과 대장에게 일방적으로 말을 듣기만 하고 억울하게 이렇게 나갈 수는 없었다. 우리는 경찰들의 팔을 밀어내면서 내현과 대장에게 소리쳤다.

"그동안 우리가 입은 피해는 어떻게 보상해 줄 겁니까? 고생만 잔뜩 하고, 회비 잃고, 갈 곳도 없는 우리는 어쩌라구요?"

"실험이 끝나면 참가비를 지급할 예정이었어요. 실험이 실패했으니 그것도 물 건너갔지만……."

"씨발, 우리는 낙동강 오리알이라는 건가?"

"뭐 이런 개 같은 경우가……! 저런 무책임한 사람들이야말로 고소해야 하는 거 아냐? 사칭에, 허위 사실 유포에, 공무집행 방해에, 횡령에, 사기! 모두 다 해당하는 것 같은데?"

"대장이 제일 나빠요. 같은 부어족끼리 이래도 돼요?"

"좋은 사람인 줄 알았는데 단단히 착각했네. 사람이 제일 무섭다, 무서워."

우리가 내현과 대장 쪽을 향해 팔다리를 허우적거리면서 소리쳤지만 내현은 꼼짝도 하지 않았다. 오히려 실험이 실패했다는 것이 억울하다는 표정이었다. 허공을 휘젓는 팔다리들과 들이대는 부어족들의 얼굴은 검은빛이었다. 밤에만 걸어 다녀서 햇볕에 탄 건 아니었지만 제대로 씻지 못해 때가 낀 거였다. 손톱과 발톱에도 때가 잔뜩 끼어 있을 터였다. 하나같이 검덕귀신들 같았다. 사람이 거울을 보면서 살지 않으면 어떻게 되는지 보여 주는 좋은 사례였다.

"……그런데 왜 우리에게 비상식량을 준 겁니까? 주지 않았던 편이 실험에는 더 적합했을 텐데."

경찰의 제지에 힘없이 팔을 내려뜨리고 있던 경수가 예리한 질문을 했다. 내현은 잠시 눈썹을 찌푸렸다가 대답했다.

"너무 초반에 다 탈진해 버리면 실험을 아예 할 수가 없으니까, 적정한 선이 필요했지."

실험은 계속되어야 한다. 그런 대답이야말로 우리를 실험실의 쥐로 취급하는 거였다. 부어족들은 모두 말문을 잇지 못하고 입을 벌렸다.

그중에서도 반사 신경이 가장 빠른 행동파 두윤이 주먹을 쥐면서 앞으로 한 걸음 나왔다. 경수가 두윤의 팔을 붙잡았다. 내현은 그 모습을 보면서도 눈썹을 약간 꿈틀거렸을 뿐이었다.

대장은 내내 고개를 숙이고 있다가 겨우 우리 쪽으로 시선을 돌린 뒤 말을 꺼냈다.

"……미안하다."

"미안하다면 다예요?"

"지원금으로 카페를 만들고 싶었어……. 다시 해먹을 만들고, 허클베리 핀처럼 나무 위에 집을 짓고 거기에 카페를 차리는 거야……. 이름도 다시 청년 커피로……. 나도 몇 번이고 너희들에게 이 순례가 실험이라고 말하고 싶었어……. 미안하다는 말을 하기에도 이미 늦은 것 같지만……."

내현과 대장이 조사를 받는 동안 부어족들은 예배당에 있는 것과 닮은 긴 나무 의자에서 대기했다. 대기하면서 서류에 신상 정보를 쓰고, 순례하면서 무엇을 먹고 어떤 일을 했는지까지 일일이 적어 내야 했다. 대장 외에는 일기를 쓴 부어족들이 거의 없었으므로 다들 기억을 쥐어짜느라 머리를 쥐어뜯거나, 손톱을 물어뜯거나, 목덜미를 긁적였다.

뭐라도 적으려고 애쓰고 있는 부어족들을 지켜보는 경찰들의 얼굴은 지루해 보였다. 입을 가리지도 않고 하품을 하기도 했다. 우리의 심정과는 달리 이 일이 하찮다는 것을 온 얼굴로 보여 주고 있는 것 같았다.

새벽이 되어서야 귀가 조치가 내려졌다. 내현과 대장의 얼굴은 더 이상 보지 못했다. 대장의 얼굴을 안 본 것은 차라리 다행이었다. 얼굴을 보면 무슨 말이 나올지 몰랐다. 아니, 아무 말도 할 수 없을 것 같긴 했다.

경찰서 밖으로 나오자 온몸이 땀범벅이었다. 경찰서에서 에어컨도 제대로 틀지 않았을뿐더러, 소리를 잔뜩 질렀더니 온몸에 있는 땀구멍에서 땀이 다 쏟아져 나온 것 같았다. 땀을 잔뜩 흘려서일 뿐 아니라 허탈해서 힘이 빠졌다. 늘 힘이 넘쳤던 두윤조차 어깨가 처져 있었다.

하루 사이에 부어족들의 얼굴이 더 해쓱해 보였다. 헤대기만 했던 사람들의 얼굴에는 기름기가 하나도 없었다. 순례를 떠나기 전보다 상태가 안 좋아졌다는 건 확실했다.

"도망가려던 의미도 없이 다 끝나 버렸어. 순례고 뭐고."

경수가 허탈한 목소리로 말했다. 누가 그걸 모르냐고 말하고 싶었지만 그럴 힘이 없었다. 앞으로 어떻게 해야 할지 뚜렷한 생각은 안 나고 머릿속이 멍해졌다.

가장 확실한 건 왔던 길로 다시 돌아가는 거였다. 하지만 돌아갈 차비조차 없었다. 내가 가진 마지막 돈은 편의점에서 식량을 사는 데 다 써 버렸다. 회비를 내고 남은 동전까지도 다 털어 버렸으니 이제는 진정한 빈털터리였다. 호주머니를 다 털어도 먼지 외에는 단 십 원도 나올 구석이 없었다. 가끔 길에서 만났던 사람들처럼 차비라도 구걸해야 하나 싶었지만 그것도 수치심을 감당할 힘이 있을 때나 할 수 있는 거였다. 지금처럼 모든 것을 자포자기한 상황에서는 그런 말이 나올 것 같지도 않았다.

"제길, 실험인 줄도 모르고 꼴리는 대로 하다가 남 좋은 일만 시켰잖아. 내가 실험에 제일 잘 협조했다니…… 이놈의 더러운 성격."

두윤이 씩씩대며 말했다. 말은 그렇게 해도 그 말에서 우리에 대한 미안한 마음이 묻어 나오는 것 같았다. 두윤의 잘못이 아니라고 말해 주고 싶었지만 이번에도 입 밖으로 한마디도 나오지 않았다. 갑자기 벙어리라도 되어 버린 것 같았다.

"그런데 정말 누가 신고한 걸까요?"

혜연이 중얼거렸다. 나도 그게 제일 궁금했다. 상황을 전혀 모르고 있었으니 적어도 남은 부어족들 중에는 신고한 사람이 없는 건 확실했다. 그러니 누가 신고했는지 말해 줄 사람도 없었다. 신고한 사람을 찾는 건 나중 문제였다. 앞으로 어떻게 해야 할지부터 결정해야 했다.

깃발을 들고 다니던 내 손도 허전했다. 소용이 없어져 버린 깃발까지 경찰서에 두고 왔던 것이다. 야광 깃발은 경찰서의 환한 불빛 아래에서 빛을 잃고 젖은 빨래처럼 널려 있을 터였다. 이제 그 빛은 우리를 비춰 줄 수 없었다.

"일단 되돌아가는 게 낫지 않을까?"

"왔던 길을 되돌아가자구요? 전 죽어도 못 해요."

경수의 말에 그의 옆에 있던 여자가 소리를 빽 질렀다. 그러더니 그 자리에 주저앉아 울기 시작했다. 경수는 자신도 자세를 낮추어 여자의 어깨를 두드려 주면서 달래기 시작했다. 그러면서 여자에게 무언가를 속삭였다. 내용이 전부 들리지는 않았지만 자신을 믿고 함께 가자고 말하고 있는 것 같았다. 이런 상황에서도 침착할 수 있다는 게 신기했다.

나에게도 앞으로 어떻게 할지 묻는다면 되돌아가야 한다고 말해야 했다. 소민의 소식도 궁금하고 민기에게도 물어봐야 할 게 있었다. 하지만 원래의 상태보다도 못한 채로 되돌아간다는 건, 부어족 중에서도 가장 바닥이라는 건 인정하고 싶지 않은 사실이었다. 엄밀히 말하면 돌아갈 곳도 없었다.

막막했다. 막막한 마음과는 다르게 어느새 날이 밝아 오고 있었다. 하늘이 조금씩 희끄무레해지면서 사위가 밝아지기 시작했다. 가로등의 밝기와는 다르게 넓게 퍼지고 깊이 스며드는 빛이었다. 한쪽 가슴이 조금 아려 오는 빛이었다. 그 빛을 모두가 자연스럽게 흡수했다. 빛이 퍼지는 것과 반비례해서 소리는 줄어들었다. 여자의 울음소리가 조금씩 잦아들면서 흐느끼는 소리로 변했다.

혜연은 모든 것을 체념했는지 담담한 표정으로 있었다.

아직 이른 시간이라 길 위에도 차들이 별로 없었다. 인도에도 우리 외에는 인적이 거의 없었다. 고요가 몰려오는 시간이었다. 그 정적을 깨고 한 무리의 사람들이 우리 옆을 스쳐 지나가기 시작했다. 하나같이 검은 점퍼에 검은 바지를 입고 검은 배낭을 메고 있었다. 모자까지도 검은색이었다. 자세히 보더라도 온통 검은색이라는 것 외에는 특징을 잡을 수 없을 것 같은 사람들이었다. 얼굴을 코앞에서 들여다본다고 해도 다시 기억할 수 없을 것 같았다. 다만 여러 명이 같은 복장을 하고 있어서 눈에 띌 뿐이었다.

그들은 한결같이 빠른 걸음으로 가고 있었다. 우리의 시선을 느꼈는지 그들 중 한 명이 우리 쪽을 쳐다보았다. 쳐다보았다기보다는 노려보았다고 하는 게 더 정확할 것 같았다. 그 눈은 알 수 없는 적의를 담고 있었다.

"……홈리스들이에요."

혜연이 낮게 속삭였다. 옷차림이 깔끔해서 겉으로만 보기에는 전혀 그렇게 보이지 않았는데 그들을 알아챈 혜연이 신기했다.

"한꺼번에 어딜 가는 거지?"

두윤이 혜연의 말을 이어서 받았다.

"쫓아가 봐요."

나도 모르게 그런 말이 나왔다. 그 사람들이 어디로 가는 건지 궁금해서이기도 했지만, 이상하게도 그들을 쫓아가면 무슨 수라도 나올 것 같았다. 이른 아침부터 한곳으로 아무 이유 없이 움직일 리가 없었다. 분명한 목적이 있을 것이고, 그 목적은 돈이든 밥이든 생산적인 것일 터였다.

"……다 포기하고 싶어."

혜연이 떨리는 목소리로 말했다. 그러면서 자연스럽게 내 손을 쥐었다. 땀이 배어든 혜연의 손은 축축하지만 따뜻했다. 겉으로는 아무렇지 않은 척하고 있어도 속으로는 이 모든 상황에 대해 많이 놀라고 있을 터였다. 남들에게 표현을 못 하는 것으로는 나도 뒤지지 않아서 그런지 혜연의 심정을 알 수 있을 것 같았다.

동시에 혜연을 잘 모를 것 같기도 했다. 며칠 동안 같이 다녔지만 혜연의 속을 알 수 없었다. 이런 사람이 제일 두려울 것 같았다. 두윤처럼 하고 싶은 말 다 하고 행동하는 사람이 오히려 잘 파악된다는 점 때문에 두려움의 대상이 될 수는 없는 것과 같은 이치였다. 가까이 있어도 낯설다는 느낌은 이럴 때를 두고 말하는 것 같았다.

그래도, 지금은 혜연과 가까이 있다는 느낌이 더 강했다. 나는 손에 힘을 주었다. 혜연도 오랫동안 내 손을 마주 잡고 있었다.

"자네들은 저 사람들을 쫓아갈 테지?"

경수가 물었다. 내 쪽을 보면서 말하고 있었다. 경수가 말한 '자네들'에 누가 포함되는지는 알 수 없었지만 내가 포함된다는 건 확실했다.

"우리는 원래도 순례를 그만두기로 했었으니, 이쯤에서 각자 흩어질까 하네. 원래부터 개인플레이를 해야만 했어. 단체 순례는 아무래도 도움이 안 돼."

"진짜 순례는 뭔가 다르지 않을까요? 저희가 가짜 순례에 잘못 걸린 거잖아요."

"글쎄, 모르겠네. 진짜 순례라고 해서 뭐 특별한 게 있을까? 어차피 우리는 지원금을 주는 대상이라는 것 외에는 아무도 집중하지 않는 사람들이잖아. 그 지원금 몇 푼도 아쉬워서 이러고 있지만. 그거라도 진작 들어왔으면 이렇게까지는 고생 안 했을 텐데."

"어디로 가실 거예요?"

"역 쪽으로 가서 주변 지리를 좀 물어보고 숙식 제공되는 아르바이트를 찾아봐야지. 당장은 아무것도 할 수 없고, 돈이라도 좀 모아 놓아야 움직일 수 있으니. 닥치는 대로 구해 봐야지."

"……그럼, 집은 포기하시는 건가요?"

혜연이 작은 목소리로 물었다.

"등 붙이는 데가 내 집이지, 뭐. 그리고 내 집은 지금 내 등에도 있지 않나. 말 그대로 하우스 부어 노릇 하는 거지."

경수가 억지로 웃으면서 말했다. 입꼬리가 아주 살짝만 위로 올라가 있었다. 경수를 따라 웃는 사람은 아무도 없었다.

경수 외에도 몇몇은 복지관을 찾아가 도움을 요청한다고

했고, 몇몇은 경수처럼 아르바이트 자리를 알아본다고 했다. 가사 도우미를 찾아보겠다는 사람도 있었다. 그 모든 방법이 이 시대의 부어족들이 살아가는 방식이었다. 그리고 굳이 순례하지 않아도 할 수 있는 것들이었다. 며칠 동안 헛고생만 한 것 같았다.

"난 돌아가진 않겠어. 이왕 시작한 거 마무리는 깔끔하게 해야지."

두윤이 아직은 힘이 남은 목소리로 말했다.

"홈리스들을 따라간다고 해서 뾰족한 수가 있을 것 같지는 않습니다만."

경수도 두윤의 말에 비위가 상했는지 날카로운 목소리로 말했다.

"자, 자, 여기서 더 힘 빼지 말고 각자 갈 길 가릅시다."

가사 도우미를 하겠다고 한 부어족이 손뼉을 한 번 치면서 말했다. 그 말이 신호가 된 듯 모두 동시에 묵례했다. 며칠 동안 함께 먹고 잤던 이들이었다. 일일이 다 친해진 건 아니어서 가족이라고까지 하기에는 어려울 수 있어도 동료라고는 할 수 있을 것 같았다. 알게 모르게 섭섭한 마음이 들었다.

"참, 그래도 함께 침낭 놀이 했던 건 재미있었어. 두고두고 추억이 될 것 같네."

경수가 나를 보며 말했다. 그리고 뒤도 돌아보지 않고 떠났다. 경수가 그나마 상태가 가장 좋은 편이었다. 다른 부어족들은 지친 얼굴에 묻은, 땀인지 눈물인지 모를 자국들을 닦지도 못한 채로 떠났다.

나와 두윤과 혜연은 그런 그들의 뒷모습을 눈으로 배웅했다.

"다들 대장이나 유내현이 원망스럽지도 않나 보네. 회비도 다 털렸는데 아무런 불만이 없어 보여."

두윤이 퉁명스럽게 말했다. 혜연이 두윤을 쳐다보며 말했다.

"원망이라는 것도 마음의 여유가 있어야 하는 거죠. 당장 살아남아야 하는 게 먼전데. 원망한다고 해서 없어진 회비가 돌아오는 것도 아니구요."

그동안에도 홈리스들은 우리의 옆을 꾸준히 스치고 있었다. 그들의 흔적이 사라지기 전에 얼른 쫓아야 했다. 이상하게도 발걸음이 쉽게 떼어지지 않았다. 두윤과 혜연도 마찬가지인 것 같았다. 발이 땅에 붙어 버린 듯 뭉그적대고 있던 나는 마찬가지로 동상이 된 것 같은 두윤에게 말을 걸었다.

"일단은, 저들을 따라가는 게 맞겠죠?"

두윤이 고개를 들어 내 눈을 보았다. 그리고 입꼬리에 희미한 웃음을 달았다. 순례를 같이한 이후에 처음으로 보는 부드러운 미소였다. 이런 상황에서 저런 미소를 지을 수 있다니. 두윤은 제대로 체념한 게 틀림없었다.

"글쎄, 사실 모르겠어. 저들을 따라가야 맞는지. 아깐 자존심 때문에 그렇게 말하긴 했는데 나, 결정적인 순간에는 판단을 잘 못 해. 보기엔 B형 남자 같아 보여도 의외로 소심하고 우유부단한 A형 남자라고."

그 모습은 순례 첫날, 불만에 차서 대장의 말에도 토를 달았던 모습과는 달랐다. 그때만 해도 잘될 거라는 희망에 넘쳤었다. 서울역 광장에서 모두가 가자고 외쳤던 것이 생각났다. 고! 고! 그날처럼 구호라도 외치면서 나가야 조금이라도 쥐어짤 힘이 생길 것 같았다.

그러고 보니 문학 시간에 배웠던 소설 중에서도 이렇게 외친 인물이 있었다. 물론 영어가 아닌 한글로 외쳤지만. 소설의 제목이 생각나지 않았다. 두윤이나 혜연이 제목을 혹시 알까 싶어 물어보았다.

"왜, 고등학교 때 배웠던 소설 중에서 가자고 외치는 인물이 있지 않았어요? 주인공 어머니였던 것 같은데……."

"아, 오발탄?"

혜연이 내 말을 듣자마자 제목을 외쳤다. 수학을 전공하기는 했지만 한때는 문학을 할까도 생각했어요, 하는 말도 덧붙였다.

"네, 오발탄요. 그런데, 그래도 잘못 쏘아졌다는 건, 원래 가려는 방향은 있었다는 거 아닙니까? 총알도 나오긴 나왔구요."

"그야 그렇지. 헌데 그 얘기가 왜 나와?"

두윤이 의아한 듯한 목소리로 말했다.

"우리 같은 부어족은, 불발탄 같아서요."

"……불알탄?"

두윤이 당혹스러운 표정을 지으며 말했다. 옆에 혜연도 있는데 어떻게 그런 단어를 입 밖에 낼 수가 있나. 두윤의 말은 가끔 머리를 거치지 않고 바로바로 나오는 것 같았다. 혜연이 두윤을 노려보았다. 두윤이 뒷머리를 긁적이며 사과했다. 나는 얼른 손사래 치며 말했다.

"아니, 불발탄요. 나오지 않는 탄 말입니다. 방향도 없고요. 우리가 딱 그 모양입니다. 이렇게 등 붙일 집 하나 없이 헤매고 있으니."

내 말이 끝나자 두윤은 입을 굳게 다물었다. 갑자기 두윤의 눈에서 눈물이 흘러내렸다. 뜻밖의 모습이었다. 나는 놀라서 두윤의 눈을 쳐다봤다.

두윤이 두 주먹을 불끈 쥐며 외쳤다.

"제기랄, 개나 소도 집이 있는데!"

나는 한숨을 쉬며 두윤의 말을 정정해 주었다.

"개나 소도 제 밥벌이는 잘하던데요, 뭐."

두윤과 혜연의 앞에서 개나 소가 우리보다 낫다는 말은 차마 하지 못했다.

생각해 보면 외할머니 집에 있던 쫑과 메리도 나보다 제 밥벌이를 잘했었다. 쫑은 잡종 개였고 메리는 암소였다. 소의 이름이 메리라니, 토종 한우에게는 모독이었다. 쫑은 낯선 사람이 올 때마다 크게 짖었고 지네를 잘 잡았다. 메리는 할아버지가 탄 수레를 늘 끌고 다녔고 밭도 잘 갈았다. 같은 시간에 나는 장독대를 깨 먹고 할머니의 옥비녀도 엿으로 바꾸어 먹었다. 밥을 버는 게 아니라 축내기만 한 셈이었다.

그러니 쫑과 메리는 그 집에서 먹고 자는 것에도 당당할 수 있었다. 내가 마루에서 무릎 꿇고 손을 들고 있으면 그들은 내 쪽을 향해 보란 듯이 평소보다 꼬리를 더 크고 높게 흔들었다. 그것은 만족의 크기와 자신감의 높이였다. 나는 아직도 그렇게 꼬리를 세차게 흔들어 본 적이 없었다.

순례의 시작에서부터 정해졌던 불발탄들은 떨어진 그 자리에서 한동안 머물러 있었다. 멈추지 않아야 할 코스에서 타의에 의해 멈춰 버리고 나니 남는 것은 여전한 허기뿐이었다.

"가자."

한참 뒤에 두윤이 말했다. 힘이 없는 목소리였지만 반가웠다. 힘들더라도, 앞으로 가야 했다. 지금 할 일은 그것뿐이었다. 천근같이 무거운 걸음이 비로소 앞으로 나아가기 시작했다.

개미가 먹이들을 찾아가듯이 훌리스들이 떼 지어 모여든

곳은 한눈에 보기에도 커 보이는 교회였다. 그 지역에 있는 신도들을 다 수용할 수 있을 것 같았다. 사람들은 달리기 시합이라도 하듯이 교회로 들어갔다. 교회 안으로 들어가는 사람이나, 나오는 사람이나 모두 손에 흰 종이쪽지를 들고 있었다. 우리만 손이 허전해 보였다. 옆에서 슬쩍 건너다보니 흰 종이쪽지에는 숫자가 적혀 있고, 숫자 위에는 도장이 찍혀 있었다.

교회 입구에서 가장 가까운 건물로 들어가자 한 줄로 줄을 선 사람들이 보였다. 이미 줄이 너무 길어서 맨 앞에 무엇이 있는지 보이지도 않았다. 사람들을 따라 무작정 줄을 섰다. 다행히 생각보다 줄이 빨리 줄어들었다.

앞줄에 있던 사람들이 빠지면서 시야가 넓어지기 시작했다. 오 분도 채 되지 않아 맨 앞의 풍경이 잘 보였다. 총 두 사람이 일하고 있었다. 전도사처럼 보이는 중년 남자가 돈을 나누어 주고 있었고 그 옆에서 한 청년이 종이에 도장을 찍어 주고 있었다. 나누어 주고 있는 돈은 천 원짜리 지폐였다.

"여기가 그래도 다른 데보단 인심이 후해."

우리의 앞줄에서 대화를 나누는 소리가 들렸다.

"그러니까. 난 서울에서 백 원밖에 못 받은 적도 있어. 서울 인심하고는. 있는 것들이 더하다니까."

앞줄이 줄어들수록 뒷줄은 늘어났다. 우리 뒤에도 사람들이 꾸역꾸역 모여들고 있었다. 성질 급한 사람들이 뒤에서 밀자 앞쪽에서 욕설이 날아왔다. 교회에 어울리지 않는 말들이었다. 사람들 사이에서 욕이 나올 때마다 돈을 나누어 주고 있던 이는 아멘, 이라는 말을 되풀이했다. 이런 상황이 익숙한지 욕하는 사람들을 제지할 생각도 하지 않았다.

어느새 우리 차례가 다가왔다. 도장을 찍어 주던 청년이 종이를 달라는 뜻으로 손을 내밀었다. 우리는 종이가 없다고 말했다.

"확인증이 없으시다구요?"

그 말 덕분에 사람들이 들고 있던 종이가 확인증이라는 것을 알았다. 청년은 확인증 세 장을 새로 꺼내서 도장을 찍어 주었다. 돈을 나누어 주던 이는 우리에게 천 원짜리를 한 장씩 나누어 주었다. 많은 돈은 아니었지만 이 정도라도 가뭄의 단비와 같았다. 돈을 받자마자 대열에서 빠져나와 입구 쪽으로 갔다. 돈을 받은 사람들은 뒤에서 누가 쫓아오는 것도 아닌데 하나같이 달려가다시피 해서 입구를 빠져나가고 있었다.

그 모습을 본 혜연이 중얼거렸다.

"구제금 주는 교회가 한둘이 아닌가 봐요. 이런 식으로 교회들을 돌면서 구제금을 받는 거네요. 여기저기 돌면 꽤 모이려나."

교회 같은 종교 단체에서 구제금을 준다는 얘기는 들은 적이 있었다. 홈리스들을 따라 교회들을 돌면 우리도 오늘 하루 버틸 돈을 마련할 수 있을 것 같았다. 생각보다 일이 잘 풀리는 듯했다.

저절로 빨라지는 걸음을 따라 입구를 나섰다. 다른 사람들을 따라가려면 서둘러야 했다. 혜연과 두윤이 앞장서고 나도 그 뒤를 따랐다. 뛰는 거라면 아무래도 우리가 좀 더 유리할 것 같았다.

그런데 빨라졌던 걸음이 갑자기 멈췄다. 나의 의지로 멈춘 것이 아니었다. 누군가가 내 소매를 붙잡고 있었다. 옆을 돌아보자 검은 벙거지를 눌러쓴 사람이 나를 노려보고 있었다. 그가 으르렁거리듯이 말했다.

"니들이 뭔데 우리 걸 가로채는 거야?"

"……네?"

내가 따라오지 않자 뒤를 돌아본 혜연과 두윤도 내 곁으로 재빨리 다가왔다.

"니들이 갑자기 끼어드는 바람에 공쳤다고! 이백 명밖에 안 주는 짤짤이라 그 안에 들려고 쌔빠지게 뛰어왔는데 어디서 굴러들어 왔는지도 모르는 돌들이 깝치고 있어?"

그가 내 멱살을 잡았다. 고작 천 원 때문에, 천 원 하나 때문에 멱살을 잡히자 입술이 떨렸다. 입술이 떨리는 것을 참기 위해 입술을 깨물었다. 생각보다 멱살을 잡은 힘이 강했다.

이것이 살아남고자 하는 힘이구나, 절실함의 상징이구나. 나는 이런 것조차 갖추지 못해 어설프게 부어족 생활을 이어 나가고 있는 것 같았다. 멱살을 잡힐 만했다.

두윤이 나와 그 사이에 뛰어들어서 멱살을 풀어냈다. 손이 눈에 보이지 않을 정도로 절도 있는 동작이었다. 나는 멱살 잡혔던 게 답답해서 숨을 몰아쉬었고, 그는 분을 못 이겨서 거친 숨을 토해 냈다.

"죄송합니다. 저희는 몰랐어요."

혜연이 나서서 사과했다. 그러면서 교회에서 받았던 돈을 내밀었다. 나와 두윤도 혜연을 따라 허겁지겁 돈을 내밀었다. 한꺼번에 삼천 원이나 되는 돈을 받자 그의 표정도 조금은 누그러진 듯했다.

"담배 있어?"

알고 보니 그는 나와 두윤보다 키도 작았다. 아까는 멱살까지 잡혀서 순간적으로 나보다 키가 큰 줄 알았다.

나와 두윤이 둘 다 고개를 젓자 그는 입맛을 다시고는 손짓으로 우리를 불렀다. 우리는 그를 따라 교회 화단에 있는 돌담 위에 앉았다. 바로 옆에 큰 나무가 있어서 그늘이 제법 시원했다. 바람에 잎들이 아느작거렸다. 우리가 구제금을 받은 뒤로 이백 명이 금방 찼는지 들어가는 사람은 없고 나오는 사람들만 많았다. 그들이 우리를 모두 한 번씩 훑어보고 지나갔다.

그는 마른 입술을 축이고는 말을 꺼냈다.

"학생들이 바로 돈을 줬으니까 하는 말인데, 짤짤이 이거 아무나 하는 거 아냐."

"짤짤이요?"

"이름도 모르면서 돈 받았어? 구제금 말이야, 짤짤이라고 해. 우리가 지금 교회 여기저기 다니면서 돈 받는 게 짤짤이 순례지. 우리끼리만 통하는 말이야."

"……."

"그나마 나한테 걸렸으니까 멱살 정도로 끝나는 거지, 더 성질 나쁜 놈한테 걸렸으면 뼈도 못 추렸어. 다른 데 가 봐도 마찬가지일 거야. 이것도 워낙 경쟁이 치열하니까."

"종교를 믿으세요?"

내 질문에 그가 코웃음을 쳤다.

"신을 안 믿은 지 오래야. 신이 있다면 내 삶을 이렇게까지 내팽개칠 리가 없어. 한때는 고정된 직장도 있었고, 안정된 집도 있었지. 나름대로 열심히 살았어. 그 대가가 이거지. 지금은 목숨 부지하기도 힘들어. 뭐, 길에 있어도 먹고 잘 수는 있으니까 그냥저냥 사는 거지. 그런데 젊은이들은 벌써부터 왜 길거리 생활을 하는 거야?"

"저희는 부어족이에요."

"부어족?"

우리는 등에 멘 침낭과 배낭 안에 있는 작은 깃발을 보여 주었다. 깃발에 그려진 집 모양을 본 그가 고개를 갸웃거리면서 말했다.

"그러고 보니 공원에서 자네들과 비슷한 사람들을 봤던 것 같은데."

"네? 정말요?"

우리는 동시에 입을 모아 소리쳤다. 우리와는 다른 부어족 무리인 것 같았다.

"그래, 자네들과 같은 깃발을 갖고 있는지는 모르겠지만 분명히 자신들을 부어족이라고 했어. 공원에서 무료 급식 나눠 주고 있던데. 어차피 좀 있으면 급식 시간이니 같이 가세. 밥이라도 먹여 줘야지."

공원에는 이상하게도 나무들이 별로 없었다. 그늘 없는 맨 땅바닥이 사막처럼 노출되고 있었다. 벤치 위에 앉아도 햇볕을 피할 수 없어 대부분은 양산이나 모자, 선글라스를 쓰고 있었다. 그것도 없을 땐 머리 위에 신문지를 덮고 있기도 했다.

우리도 공원으로 오는 길까지는 가로수 덕분에 햇볕을 피했지만, 공원 입구에 들어서자마자 땀을 비 오듯이 흘렸다. 입고 있는 옷도 땀에 절어 소금기가 하얗게 묻어났다. 코가 마비되었는지, 아니면 이미 익숙해진 건지 옷에서 냄새는 심하게 나지 않았다. 그래도 다른 사람들에게 욕먹지 않으려면 밥을 먹고 난 뒤에 화장실에서 물빨래라도 해야 할 것 같았다. 대낮에 햇볕이 잘 드는 환한 공원에 들어오니 이제야 체면이라는 단어가 생각났다.

그는 공원에 들어서자 능숙하게 방향을 틀었다. 우리는 낚싯줄에 걸린 고기처럼 그 뒤를 따라갔다. 안쪽으로 조금 들어서니 주황색 천막이 길게 처져 있는 것이 보였다. 익숙한 색이었다. 대장의 천막과 배낭이 생각나면서, 문득 대장과 내현이 어떻게 되었는지 궁금해졌다. 우리를 속인 사람들이지만 동시에 우리와 함께 다녔던 사람들이기도 했다.

주황색 천막이 쳐진 곳이 무료 급식소인 것 같았다. 우리보다도 재바른 사람들이 이미 가 있어 줄이 꽤 길었다. 그는 우리를 줄 뒤쪽으로 안내했다. 천막 쪽으로 다가가자 음식 냄새가 코끝을 스쳤다. 된장국 냄새였다. 언제 마지막으로 먹었는지도 어렴풋한 집밥의 향기였다. 눈물이 날 것 같았다.

순례를 시작한 이후로 가장 많이 한 말이 덥다는 말보다 배고프다는 말이었다. 더운 건 짜증 났지만 배고프면 서러웠다. 더운 건 어쩔 수 없다는 생각이 들었지만 배고픈 건 똑같이 어쩔 수 없으면서도, 어쩔 수 없음에 무기력한 자신에게 화가 난다는 점이 달랐다. 한마디로 더운 건 내 탓이 아니었지만 배고픈 건 내 탓 같았다.

이미 천막 안에 있는 의자나 천막 근처의 바닥에 앉아 밥을 먹고 있는 사람들이 많았다. 그들이 먹고 있는 식판을 건너다 보았다. 메뉴를 보기 위해서였다. 흰 식판에 담긴 쌀밥과 된장국, 김치, 두부조림, 멸치볶음이 눈에 들어왔다. 침이 넘어갔다. 내 옆에서도 침이 넘어가는 소리가 들렸다. 두윤은 대놓고 입가를 손목으로 문지르면서 침을 닦고 있었다.

초록색 조끼와 흰 앞치마를 입은 봉사자들의 손놀림이 빨랐는지 줄이 금방 줄어들었다. 우리 앞에 있던 그가 먼저 식판을 받은 뒤 우리에게 손을 흔들었다.

"조심히 가게나, 부어족들."

그 소리에 내 앞에서 국을 퍼 주고 있던 여자가 고개를 들었다. 그다음에 내가 배식을 받을 차례여서 자연스럽게 그 여자와 눈이 마주쳤다. 그 순간 나는 아, 하는 외마디 소리를 입 밖으로 내고야 말았다.

그 여자는 소민이었다. 내가 고시원을 나갔던 뒤에 집을 나가고, 부모에게조차 연락하지 않았던 소민이 공원 무료 급식소에서 국을 퍼 주고 있었다. 그리고 그 국을 받아야 할 다음 사람이 바로 나였다.

소민도 내 얼굴을 알아보았는지 손에 들고 있던 국자를 놓쳤다. 국자가 통 속에 빠졌다. 손잡이까지 국에 잠겼을 것 같았다. 내가 통을 가리키자 소민은 당황하면서 비닐장갑을 낀 손으로 손잡이를 건져 냈다. 뒤에 사람들이 많이 밀려 있어 대화는 할 수 없었다. 소민이 최대한 태연한 척하려고 애쓰면서 나에게 국을 퍼 주었다. 국을 퍼 주는 손이 미약하게 떨리고 있었다.

나도 일단 소민에게 눈짓을 보낸 뒤 식판을 들고 천막을 빠져나왔다. 내 심장도 빠르게 뛰고 있었다. 땀으로 얼룩지고 때에 결은 얼굴을 보여 주었다는 부끄러움보다는, 소민이 왜 이곳에 있는지에 대한 호기심이 더 강했다.

하지만 그보다도 배고픔이 더 강했기 때문에 일단 천막 옆에 있는 빈자리에서 밥을 먹기 시작했다. 혜연과 두윤도 곧 식판을 받아서 내가 있는 쪽으로 왔다. 두윤은 밥을 마시듯 삼키면서 먹는 내내 감탄했다. 마을에서 얻어 온 밥으로 먹었던 식사 이후로 제대로 먹는 거였다. 나도 입으로는 열심히 밥알과 반찬을 씹고 있었지만 눈은 계속 소민을 좇고 있었다. 그런 나를 바라보는 혜연의 시선이 뒤통수에 느껴졌다.

배식이 끝나자 빈 식판을 받는 몇몇 봉사자들을 제외하고 다른 봉사자들은 천막 옆에 있는 버스 안으로 들어갔다. 소민도 조끼 위에 입었던 앞치마를 벗고 버스 안으로 들어가려고 하고 있었다.

재빨리 숟가락을 놓고 일어섰다. 옆에서 두윤이 아직 밥이 남았다며 내 바짓가랑이를 붙잡았다. 배고프면 더 먹으라는 대답을 하고 소민을 향해 뛰어갔다. 배는 어느 정도 채웠으니 이제 음식이 중요하지 않았다.

소민은 나를 기다리고 있었다는 듯이 버스 앞에서 두 손을 모으고 서 있었다. 아까 전과 달리 차분해 보였다. 소민의 앞까지 뛰어가기는 했지만 어떤 말을 해야 할지는 몰랐다. 나도 모르게 머리를 긁으면서 인사부터 했다. 소민은 미소를 띤 채 오른손을 내밀었다. 나도 오른손을 내밀어 어색하게 악수를 했다. 악수할 때 내 손이 더럽지는 않을지 고민했지만 소민의 손을 잡자 그런 걱정도 눈 녹듯이 사라져 버렸다. 소민의 손은 따뜻했다.

나는 어렵게 입을 뗐다.

"내 전화 왜 안 받았어?"

"전화? 무슨 전화?"

"순례하던 중에 너한테 전화했었는데."

"아, 휴대폰 사용이 금지되어 있어서 일부러 꺼 놓았어. 부모님 연락 오는 거 귀찮기도 하고."

"그렇구나……. 참, 고시원 나갔다는 얘기 들었어."

이 말에 소민은 내 눈을 똑바로 보았다. 고시원에서 봤던 수줍은 모습과는 다른 이미지였다.

"응, 부모님과 대판 싸웠거든."

"왜?"

"내가 하고 싶은 일을 못 하게 하니까."

"네가 하고 싶은 일이 뭔데?"

"지금 하고 있는 거."

소민은 천막과 버스를 양쪽 손가락으로 동시에 가리켰다. 천막에는 아무 글씨도 없었고, 버스에만 '로마족 지킴이'라는 말이 적혀 있었다. 아까는 소민에게 정신이 팔려서 로마족이라는 글자를 보지 못했다. 로마족이라는 말은 너무나도 익숙했다. 우리 역시 그들을 위해 명목상으로나마 서명을 했으니 말이다.

"로마족 지킴이라니, 어떤 일을 하고 있는 거야?"

"말 그대로 집을 잃은 로마족들을 위해 주거권을 되찾아 주려는 노력들을 하고 있는 거지. 주로 서명이나 탄원서를 받아서 보내는 일을 하고 있어."

"그럼 이 급식들은……."

"아, 우리가 무료 급식소를 지원하는 단체의 후원을 받고 있거든. 그래서 종종 봉사 활동을 같이하고 있어. 그리고……."

말하던 소민은 갑자기 말을 멈추고 고개를 왼쪽으로 틀었다. 소민의 시선이 간 방향을 따라 나도 뒤돌았다. 혜연과 두윤이 나와 소민 쪽으로 다가오고 있었다. 소민은 재빨리 내 귀에 속삭였다.

"저 사람들도 너처럼 부어족이지?"

내가 고개를 끄덕이자 소민은 따라오라는 손짓을 하며 버스 쪽으로 갔다. 나와 두윤과 혜연도 소민을 따라 버스에 올랐다. 일반적인 관광버스 크기만 한 버스였다. 버스의 맨 앞 좌석에 둘둘 말린 포스터들과 종이 뭉치들이 쌓여 있었다. 구석에는 깃발이 세워져 있었다. 집 모양의 그림이 있는 깃발이었다. 우리가 가지고 다녔던 깃발과 같았다.

버스의 벽면에는 포스터가 붙어 있었다. 폐허가 된 땅 위에, 빨랫줄 아래에 서 있는 로마족 어린이가 있었다. 순례 첫날 교회에서 했던 교육 시간에 대장이 보여 준 사진과 같았다. 맨 위에 쌓여 있던 서명지를 들춰 보았다. 그 서명지도 우리에게 나누어 주었던 것과 같았다. 우리가 진짜 순례에 제대로 꼽사리 꼈구나, 싶었다. 대장과 내현은 나름대로 진짜 순례를 흉내 내기 위해 노력한 것 같았다.

소민은 버스 뒷자리로 우리를 안내했다. 맨 뒷자리에서 한 칸 앞에 있는 자리에 넷이 나란히 앉았다. 자리에 앉자마자 소민은 우리들의 얼굴을 둘러보더니 말했다.

"이현준 씨와 함께 순례하셨죠?"

"그걸 어떻게……."

혜연의 눈이 동그래졌다. 나와 두윤도 입을 벌렸다.

"이현준 씨도 우리와 같이 로마족 지킴이를 했었거든요. 로마족 지킴이라고는 하지만, 사실은 부어족에게 집을 찾아 주는 일도 같이 하고 있었어요."

"그럼, 부어족 순례를 했단 말이에요? 걸어서?"

"미쳤어요? 이 날씨에 걸어 다니다가 다 쓰러지게."

두윤의 말에 소민이 목소리를 약간 높이며 말했다. 두윤은 금세 얼굴이 붉어지면서 한마디 하려고 했지만 입술을 몇 번 달싹이고는 그만두었다. 대신 팔짱을 끼고 다리를 꼰 채 삐딱한 자세로 앉았다.

소민은 그런 모습에도 아랑곳하지 않고 말을 이었다.

"겉으로는 로마족에 대한 서명만 받기 위해 버스를 타고 돌아다니는 것 같지만, 그러면서 부어족들의 거주지를 물색해요. 주로 교회나 마을 회관에서 지내는 게 대부분이지만. 그것만으로도 재기를 위한 준비를 하기에는 충분하죠."

아뿔싸, 우리는 정말 완벽한 아류였다. 버스를 타지 않고 밤에 걸어 다닌다는 것만 제외하면 우리가 했던 순례는 진짜 부어족 순례와 흡사했다.

"그런데 우리가 가려던 교회에 이미 부어족 한 명이 머무르고 있더라구요. 거긴 매번 순례 때마다 들렀던 코스라 빼먹은 적이 없거든요. 그 교회에서 부어족들을 쉬게 한 적은 있어도 머무르게 한 적은 없었기 때문에 부어족이 살고 있었다는 것 자체가 신기했어요. 알고 보니 대장이 특별히 부탁했다고 하더라구요. 그때 대장이라고 묘사한 사람을 보고 이현준 씨라는 것을 알아챘죠. 우리와 다닐 때도 사람이 좀 특이했거든요."

"그럼 이현준 씨도 부어족 순례에서 집을 찾았던 건가요?"

"물론 그랬었죠. 그것도 매우 성공적으로요. 무료 급식을 나누어 주던 공원에서 커피를 파시는 아주머니가 이현준 씨에게 동업하자고 했었거든요."

소민의 말을 듣자 저절로 아, 하는 소리가 흘러나왔다. 대장은 공원에서 커피를 만들기 전부터 이미 부어족이었다. 카페가 망한 이후에 자신이 대장이 되는 순례를 새로 기획했던 거였다. 물론 그 전에 유내현과 접촉이 있었기 때문에 실험을 가장한 순례를 계획할 수 있었을 테지만.

아귀가 하나씩 맞아 들어가고 있었다. 차라리 초반에 교회나 폐가에 들어갔던 부어족처럼 아무것도 몰랐으면 좋았을 것 같았다.

"지금 이 버스 안에도 부어족들이 많아요. 우리와 함께 갈래요? 버스 타고 다니니까 편하고, 가다가 마음에 드는 곳이 있으면 집으로 삼을 수도 있어요. 얼른 미로에서 빠져나와야죠."

"감사합니다."

소민의 말이 끝나자마자 혜연이 넙죽 감사 인사를 했다. 두윤과 나도 이의가 없었다.

생각보다 일이 수월하게 풀리는 것 같았다. 이게 다 경찰서에서 나왔을 때 걸음을 멈추거나 되돌아가지 않고, 용기를 내서 전진하는 걸음을 옮겼기 때문이었다. 걸음을 옮기지 않았다면 지금 이 자리에 있지 못했을 터였다.

두윤과 혜연은 긴장이 풀렸는지 곧 곤드라졌다. 나는 잠이 오지 않아 눈만 감고 있었다. 눈을 감자 여러 가지 생각들이 떠올랐다. 여기에서 소민을 만난 것부터가 기적과도 같은 일인데 심지어 진짜 부어족 순례에까지 합류하게 되었다. 너무나도 큰 우연이었다. 한 가지 해결하지 못한 궁금증도 있었다. 진짜 부어족 순례 팀이 우리의 순례를 신고했다고 했으니 신고한 사람이 이 버스 안에 있을 터였다.

나는 눈을 뜨고 내 옆에 있던 소민에게 가짜 순례 팀을 누가 신고했는지 물었다. 소민은 입술을 지그시 깨물며 말했다.

"그거…… 내가 한 거야."

"뭐?"

놀라서 몸을 뒤로 뺐다. 내가 앉은 자리가 창가 쪽이라서 등이 창문에 살짝 부딪혔다.

"내가 신고했다구."

"……."

"고시원으로 전화가 왔어. 네 가족이 호적 등본을 뗐는데 네 집 주소가 미로로 나왔대. 그래서 네가 부어족이 된 걸 알았어. 네 외사촌이라던 민기는 네가 부어족 순례에 갔다고 하고. 그런데 나랑 같이 다니지 않았으니 너는 당연히 가짜 순례를 하고 있었을 거고. 그래서 너를 구하기 위해 신고를 한 거야."

"……가족한테서 전화가 왔다고?"

"그래, 전화가 왔어. 네 누나한테서."

누나라는 말이 머릿속에서 뱅글뱅글 돌았다. 머리도 마음도 소용돌이치고 있었다. 지은 누나에게서 연락이 왔다. 지은 누나가 호적 등본을 뗐다. 그건, 어쩌면, 누나가 돌아온다는 뜻일지도 몰랐다. 소민은 내가 순례를 떠난 다음 날 집을 나왔다고 했으니 내가 나간 지 얼마 안 되어 누나에게서 전화가 온 거였다. 전화를 못 받은 게 아까웠다.

곧 그 생각은 누나가 무사하다는 안도감으로 바뀌었다. 누나가 피를 흘리는 꿈을 꾼 뒤로 불길한 기분을 떨칠 수 없었던 차였다.

목소리를 가다듬고 소민에게 다시 물어보았다.

"누나한테…… 전화가 왔다고? 연락처는 물어봤어?"

"네 누난데 연락처도 모르고 있었단 말이야?"

그러고 보니 소민에게는 누나가 행방불명되었다는 말을 하지 않았었다. 나는 가방에서 전단지를 꺼내 소민에게 보여 주었다. 소민이 놀란 표정으로 나를 바라보았다.

너무나 오랜 시간 동안 술래잡기를 해 왔다. 이제는 술래잡기를 그만하고 싶었다. 밥을 든든히 먹고 시원한 곳에 있는데도 눈앞이 아찔했다. 마음의 현기증인 것 같았다. 소민이 괜찮은지 물어보았다. 괜찮지 않지만 괜찮다고 대답했다.

출발할 시간이 다 되었는지 사람들이 버스에 타기 시작했다. 소민이 우리들의 사정을 설명하기 위해 버스 앞쪽으로 나갔다.

차라리 잘되었다. 자세히 말해야 할 기회가 저절로 박탈되었다. 소민에게 많은 것들을 설명할 수 없었다. 설명하기에는 스스로의 감정도 스스로 알 수 없었으니까. 이마에서 땀 한 줄기가 떨어져 눈꺼풀을 적시고 손등으로 떨어졌다. 얼핏 눈물 같았다.

저녁의 탄생

버스에 오르고 있는 사람들은 소민처럼 부어족들을 도와주고 있는 사람들인지, 아니면 부어족들인지 구별하기 어려웠다. 그들은 우리의 모습을 보고도 아무 말 하지 않았다. 부어족으로 위장하려면 저렇게 해야 하는구나. 새삼스럽게 이런 생각이 들었다. 우리처럼 부어족이라는 티를 내며 다니는 사람들은 없는 것 같았다.

아직도 가슴에 걸려 있던 명찰을 꺼내 가방 안에 집어넣었다. 열린 가방 틈으로 대장이 주고 간 수첩과 서명지들이 보였다. 대장이 순례하는 동안 열심히 썼던 수첩에 어떤 내용이 적혀 있을지 궁금했다. 왜 그 수첩을 많은 부어족 중에서 나에게 주었는지도 궁금했다.

일단 서명지들부터 꺼내서 소민에게 주었다.

"서명지는 가짜 아냐. 진짜로 한 거야."

내 말에 소민은 말없이 웃기만 했다. 소민은 순례를 진행하기 위해 버스 맨 앞으로 갔다. 목소리가 제일 좋아서 안내 방송을 담당한다고 했다. 소민의 목소리는 나도 좋아했었다. 왜 과거형인지는 모르겠지만, 이상하게 소민을 다시 봤을 때의 반가움이 사라지자 그 이상의 감정이 들지 않았다.

나도 모르게 소민과 나를 부어족인지 아닌지의 기준으로 나누어서 보고 있는 것 같았다. 소민은 부어족의 일을 돕고 있기는 했지만 부어족은 아니었다. 우리와는 엄연히 다른 부류였다. 다시 만났을 때 나를 대하는 소민의 태도를 보고 확실히 깨달았다. 소민과 나는 같은 길을 갈 수 없었다.

소민이 버스 앞쪽으로 간 뒤에 비어 있는 옆자리에 배낭을 놓았다. 곧바로 대장의 수첩을 꺼냈다. 두윤과 혜연은 세상모르고 잠들어 있었다. 서로의 어깨에 기대어서 자는 모습이 남매 같기도 했다. 정작 친누나가 있는 나조차 한 번도 해 보지 못한 다정한 자세였다. 누나와 함께 여행을 간 기억도 없고, 명절 때 부모님의 차를 타고 시골에 내려가 본 적도 없었다. 아니, 가족끼리 함께 모여 식사를 마지막으로 한 게 언젠지도 기억나지 않았다.

나의 첫 기억은 외갓집에서 누나와 함께 마당에서 술래잡기했던 거였다. 그때도 부모는 함께 있지 않았다. 각자의 활동을 위해 우리를 외갓집에 맡겨 두고 나가 버렸을 게 뻔했다.

그래도 누나와 함께 있어 외롭지 않았다. 나는 술래가 된 누나를 피해 장독대 안에 들어가서 숨었다. 힘이 약했던 누나는 장독대 뚜껑을 열어 볼 생각도 하지 않았다. 마당 뒤곁과 다락방과 텃밭까지 한참을 헤매고 다니던 누나가 내 이름을 부르면서 우는 소리를 듣고 나서야 나는 머리를 긁으면서 장독대 안에서 나왔다. 내 얼굴을 보자마자 눈물을 닦으면서 활짝 웃었던 누나의 모습이 고왔었다.

이제 그때와 똑같은 얼굴을 다시는 볼 수 없겠지. 누나의 눈, 코, 입 모두 기억 속에서 선명했지만 이제 그 모습을 실제로 보기는 어렵다. 달라진 얼굴이라도 누나가 보고 싶었다. 내가 누나를 알아보지 못하더라도 누나는 나를 알아봐 줄 것이다. 큰 변화를 겪은 누나와 달리 나는 하나도 변한 게 없는 것 같았다.

누나에 관한 생각을 겨우 접고 대장의 수첩을 펼쳤다. 대장은 수첩에 자신의 이야기를 적지 않았다. 부어족들의 생활에 관한 것도 없었다. 단지 부어족 한 명 한 명에 대한 감상이 적바림되어 있을 뿐이었다. 유내현이 찍은 프로필 사진들처럼 대장의 수첩은 부어족을 하나하나 비추고 있었다.

수첩의 제일 앞쪽에는 경수의 이름이 있었다.

이경수는 저울이다. 차분하고 공평하다. 다른 사람이 말하기 전에는 절대 자신의 의견을 먼저 말하는 법이 없다. 다른 사람들의 무게를 제 몸에 얹고 나서야 그 무게에 따라 자신의 의견을 덧붙인다. 이경수에게는 고층 빌딩보다는 옆으로 넓게 퍼진 주택이 어울린다.

내가 느낀 경수의 이미지와 비슷했다. 대장은 이런 방식으로 조원 한 명 한 명을 모두 이야기해 주었다. 그 사람을 지칭하는 단어를 찾고, 성격을 말하고, 마지막으로 그 사람에게 어울리는 집을 상상해서 이야기해 주었다.

내현은 가시가 있는 장미였고, 까다롭지만 섬세했고, 대리석 바닥이 깔린 오피스텔이 어울렸다. 함께 순례를 다녔던 부어족들 중에는 코끼리도 있었고, 주상복합도 있었고, 연필도 있었고, 초가집도 있었다. 모과나무도 있었고, 옥탑방도 있었고, 코알라도 있었고, 아파트도 있었다. 마라탕도 있었고, 전원주택도 있었다.

그 사람들이 누군지 기억을 되새겨 보았다. 친하지 않은 사람들은 아무리 생각해도 남는 이미지가 없었다. 그들에 대한 기록들은 와닿지 않아 의미 없이 종이를 넘겨야 했다. 관심의 대상이 좁은 인원에 한정되어 있었던 나와 달리 모든 인원을 관찰하고 평가한 대장이 대단해 보였다. 순례의 진실을 알게 된 뒤 처음으로 대장이 대장답다고 느껴졌다.

대장과 같은 조였던 나와 두윤, 혜연의 이야기는 끝에 가서야 나왔다.

정혜연은 슈크림이다. 겉은 딱딱해 보이지만 속은 부드럽다. 다른 사람들의 관심에 고마워하며 그러한 관심에 일일이 영향을 받을 만큼 마음의 모양이 정해져 있지 않다. 그만큼 상처받을 가능성도 크기에 정혜연에게는 그러한 마음을 달래 줄 수 있는 작고 따뜻한 오두막집이 어울린다.

김두윤은 라이터다. 다른 사람이 불을 붙이지 않으면 스스로 타오르지 않지만, 일단 불을 붙이면 무서운 위력을 발휘한다. 열정적이면서도 거친 면을 가지고 있지만 자기 자신의 감정을 잘 드러내기 때문에 솔직한 점이 매력이기도 하다. 김두윤에게는 거친 성격을 그대로 보여 주면서도 리듬감 있게 달래 줄 수 있는 튼튼한 해먹이 어울린다.

수첩의 마지막 장에는 내 이름이 적혀 있었다. 순례를 다니는 동안 늘 옆에서 걸었던 나를 대장은 이렇게 적어 놓았다.

내 옆에서 내내 걸었던 황지욱에 대해서는 가장 마지막으로 써야 할 것 같았다. 황지욱은 쓰다 만 일기장이다. 남은 종이는 많지만, 언제라도 쓸 수 있기에 마음이 급하지 않다. 가끔 생각하면 입가에 미소가 떠오르기도 한다. 기억하는 시간은 언제나 좋은 시간들이다. 지금은 강하지 않은 힘이지만 늘 가능성을 속에 품고 있다. 황지욱에게는 언제라도 쉬어 갈 수 있게 등에 든든하게 지고 다니는 달팽이집이 어울린다.

지금은 강하지 않은 힘이지만, 이라는 말에서 사내자식이 약하다고 나를 구박했던 대장의 모습이 떠올랐다. 게다가 나한테 달팽이집이 어울린다니 결국 나는 부어족을 벗어날 수 없다는 건가, 하는 실소가 나왔다.

그러면서도 고개를 끄덕거리게 되었다. 그랬다. 부어족이 되었다는 상황 속에서도 그 사실에 직면하지 못했다. 순례하면서도 적극적으로 집을 찾지도 않았고 언제나 한 걸음 비켜서 있는 것 같았다. 나는 내가 부어족이 되었다는 것을 끝끝내 인정하지 못했던 것이다. 대장은 내가 그렇다는 것을 알고 있었다. 인정하지 않는다면 앞으로 나아갈 수 없었다. 오랜 시간을 함께하지 않았는데도 대장은 우리에 대해 그 누구보다도 잘 알고 있었다.

수첩을 덮었다. 두윤과 혜연에게도 이 수첩을 보여 줘야겠다는 생각이 들었다.

버스는 도로를 빨아들일 것처럼 힘차게 달리고 있었다. 창문을 통해 표지판을 살짝 보았다. 곧 서울이었다. 며칠 동안 힘들게 걸어갔던 길을 버스를 타고 단시간에 편하게 가니 허탈하기도 했다.

소민은 버스 앞쪽에 서서 로마족에 관한 설명을 하고 있었다.

"우리에게는 집시라는 이름으로 더 잘 알려진, 유럽의 소수 민족인 로마족은 이탈리아의 로마와는 상관이 없습니다. 이들은 발칸반도 가운데에 있는 세르비아에서 살고 있다가 억울하게 강제 퇴거를 당했지요. 우리는 이들을 위해 구청과 시청을 돌면서 서명을 받고 있습니다. 경기도 쪽을 마무리했으니 지금부터는 서울에 가서 서명을 받을 예정입니다……."

로마족이 살고 있다는 지명은 대장이 말해 줬던 지명과는 달랐다. 로마족은 집시라고 했으니 한 군데에서만 살지는 않을 터였다. 하지만 살던 곳에서 쫓겨났다는 점에서는 같았다. 어디에도 그들의 집은 없었다. 왜 누구에게나 있어야 할 집이 누구에게도 없는 걸까. 그리고 그런 사람들은 왜 전 세계적으로, 너무나도 셀 수 없이 많을까. 그래서 왜 이렇게 느끼고 싶지 않은 동질감을 느끼게 하는 걸까.

달리는 버스 안에서 소민은 서 있는 자세에서도 흔들리지 않았다. 균형을 잘 잡은 채로 마이크도 없이 정면을 바라보며 또박거리는 발음으로 이야기하고 있었다. 지하철 안에서도 쉴 새

없이 비틀거리던 나와는 달랐다. 내가 이제까지 알던 소민과는 달라 보였다. 나보다도 훨씬 강하고 용감하고 멋졌다.

그런 소민을 보자 마음이 내가 생각하지 못한 방향으로 접히기 시작했다. 종이로 학을 만들려다가 잠깐의 변심으로 종이비행기를 접어 날려 보낸 기분이었다. 집과 가족을 떠나 있으면서도 씩씩하게 지내고 있는 소민의 모습을 보자 엉뚱하게도 이런 생각이 들었다.

고시원으로 다시 돌아가야겠다.

고시원에 돌아가서 소민의 빈자리를 대신 채우겠다는 소리는 아니었다. 대장이 말한 대로, 쓰다 만 일기장에 일기를 써야 할 것 같았다. 지은 누나가 나에 관해 유일하게 알고 있는 것은 고시원 전화번호였다. 그곳에서 누나를 기다려야 했다. 그곳에서부터 내 순례를 다시 시작해야 할 것 같았다.

언제부터 깨어 있었는지 두윤도 팔짱을 낀 채 소민의 말을 듣고 있었다. 두윤에게 대장의 수첩을 건넸다. 두윤은 한마디 하려다가 수첩에 적힌 대장의 이름을 보고 입을 다물었다. 두윤은 수첩을 받자마자 넘겨서 읽기 시작했다. 중간에 미간이 살짝 꿈틀거리기도 했다. 가끔 '그렇지!' 하는 말을 외치거나 '뭐가 이따위야!' 같은 말을 내뱉기도 했다. 그러면서도 고개 한번 들지 않았다. 두윤은 빠른 속도로 수첩에 있는 글들을 읽은 뒤에 수첩을 덮었다. 그리고 내 쪽을 보며 말했다.

"대장이 나에 대해 대부분 잘 맞혔는데, 한 가지 틀린 게 있어."

"그게 뭡니까?"

"다른 사람이 불을 붙이지 않아도 스스로 타올랐던 때가 있었지."

"그때가 언제죠?"

"그러니까, 내가 국가 대표를 하려고 했을 때의 일이야."

"국가 대표요?"

"그래, 국가 대표. 한때 태권도를 했었지. 사실 난 스스로 독립한 게 아냐. 독립당한 거지."

두윤은 눈을 감은 채 이야기하기 시작했다.

난 초등학교 2학년 때 이미 내가 공부에는 소질이 없다는 것을 발견했어. 수학 시간에 엎드려서 자고 있다가 선생님이 홧김에 던진 분필을 반사적으로 받았을 때, 공부가 아닌 운동을 해야겠다고 결심했지. 분필을 던진 선생님도, 분필을 받은 나도, 주위에 있던 친구들도 모두 놀라서 한동안 입을 벌리고 있었으니 말이야.

내가 선택한 운동은 태권도였어. 그즈음 남녀 가리지 않고 흔하게 했던 운동이 태권도였지. 왜, 아파트 단지에 태권도 도장 하나씩은 있지 않나? 아이들이 흰 도복에 흰색이나 노란색, 혹은 빨간색 띠를 매고 단지를 활보하는 모습을 심심치 않게 볼 수 있었지.

나도 부모님을 졸라 도장에 다니기 시작했어. 내 실력은 금방 늘었는데, 발차기 실력을 유감없이 발휘했던 무모함 때문이었어. 연장자라고 해서 봐주는 일이 없었거든. 더러운 성격이 그때부터 싹을 틔웠다고 해야 하나, 하핫. 나는 초등학교 때 나갔던 대회에서 메달을 따 체중을 가고, 체고와 체대에도 무난히 합격했어. 이대로라면 국가 대표 선발전에도 탄탄대로로 나갈 수 있을 것 같았지.

문제는 그때부터였어. 이미 몇 년 전부터 이혼을 준비하고 있었던 부모가, 내가 태권도에서 두각을 나타내자 서로 날 데려가겠다고 한 거야. 결국 치사하게 소송까지 가게 되었지. 아버지는 태권도를 하는 데는 돈이 많이 드니 힘껏 밀어주겠다고 했고, 어머니는 너와 헤어져서는 살 수 없다고 눈물로 호소했어. 운동할 때는 정서적 지원 또한 중요하다고 덧붙였지.

나는 어느 편도 들고 싶지 않았어. 둘 중 하나를 선택한다는 것은 나한테 결국 둘 다 버리는 것과도 같았으니.

나는 집에 들어가지 않고 도장에서 침낭을 깔고 자기 시작했어. 도장은 집에서 걸어서 이십 분 정도의 거리밖에 되지 않았기 때문에 가출이라고 보기에도 애매하긴 했지만, 반 가출인 셈이지. 휴대폰이 울리는 것이 귀찮아 휴대폰을 껐고, 부모가 찾아와도 문을 열어 주지 않았어. 아버지와 어머니 중 어느 쪽에게도 가지 않는다고 하면서 부모에게 날 내버려 두라고 소리를 지르곤 했지.

- 운동할 때는 정신 똑바로 차려. 요새 집에 안 좋은 일 있는 건 알지만 머리를 비워야 해. 세상에 상대방과 나밖에 없다고 생각해야 하는 거야!

내가 대련 도중 눈에 초점을 잃고 비틀거리자 사범이 날카롭게 말했어. 나는 머릿속에 부모의 얼굴이 떠오를 때마다 고개를 세차게 흔들면서 그 얼굴들을 떨쳐 버리려고 애썼지. 하지만 운동 실력은 나날이 눈에 띄게 떨어져 갔어.

국가 대표 선발전을 일주일 앞둔 날이었어. 나는 그날도 도장에서 자고 있었지. 이상하게도 잠이 오지 않아 여러 번 뒤척였어. 어젯밤부터 내린 폭설로 밖은 하얗게 뒤덮여 있었어. 나도 도장 앞에 있는 눈을 치우느라 낮 동안 운동도 제대로 하지 못했어. 컨디션 조절을 해야 해서 일찍 자리에 누웠지만 마음이 안정되지 않았지.

한 시간 넘게 뒤척이다가, 물이라도 마실까 해서 침낭에서 나와 정수기 쪽으로 갔어. 정수기 옆 탁자 위에 놓인 휴대폰이 보였어. 다른 때 같으면 전원을 꺼 두고 있었겠지만, 요즘은 코치에게서 언제 호출이 올지 몰라 휴대폰을 켜 놓고 있었어. 자정을 가리키는 숫자가 번뜩였어. 그 숫자가 왠지 섬뜩해서 재빨리 물을 마시고 다시 자리에 누웠어.

다시 잠이 든 지 얼마 되지 않았을 때 휴대폰이 울렸어. 얼마나 잠을 깊게 잤으면 잠자는 시간이 이렇게 짧게 느껴졌을지 의아해하며 휴대폰을 보았어. 알람이 아니었어. 전화벨이 울리고 있었던 거야. 새벽 네 시에 울리는 전화벨 소리가 반가울 리 없었지. 모르는 전화번호라 잠시 받을지 말지 망설였어. 장난 전화이거나 보이스 피싱일 거라고 짐작했지.

하지만 전화를 받지 않았다가, 괜히 불편한 마음을 가지고 시합에 나가면 그게 더 손해일 것 같았어. 차라리 받아서 아무 일 아니라는 것을 확인하는 것이 나을 수 있겠다는 생각이 들더라고.

입을 굳게 다문 채 전화를 받았어. 수화기 저편에서 여자의 목소리가 흘러나왔어. 그 목소리는 높고, 날카롭고, 빨랐어. 여자는 병원이라고 하면서, 내 부모가 폭설 때문에 길에서 미끄러져서 사고가 났다고 말해 주었어. 그리고 부모는 그 자리에서 즉사……했다고도 말해 주었어.

그 말을 듣자마자 다리에서 힘이 저절로 풀렸지. 나도 모르게 휴대폰을 바닥에 떨어뜨렸어. 아무 말도 나오지 않고,

눈이 풀리기 시작했어. 사실, 지금 이렇게 말하고 있는 것도 굉장한 용기를 낸 거야. 말하는 순간 인정하는 게 되는 것 같아…… 부모의 죽음을, 입 밖에 꺼내고 싶지 않았지. 그래서 순례를 하면서도 내 얘기를 하고 싶지 않았어…….

나는 도장에서 살기 시작한 지 한 달 만에 부모에게 갔어. 병원으로 가는 길에는 차가 한 대도 없었어. 폭설은 계속 내리고 있었어. 눈 때문에 택시도 없어 전속력으로 뛰었지. 발이 눈 속에 푹푹 빠졌어. 눈은 이미 무릎 높이를 넘어서고 있었어. 모자와 어깨 위에도 눈이 금방 쌓여서 무거워졌어. 숨이 턱까지 차고 땀이 비 오듯이 흐르고…… 눈물인지 땀인지 모를 액체가 입술로 스며들었지. 병원으로 가는 길은 더디고도 막막했어.

길에는 인적이 없었는데, 가는 도중 유난히 불빛이 밝은 곳을 발견했어. 불빛에 이끌리는 날벌레처럼 그쪽에 반사적으로 다가갔어. 경찰차와 구급차의 불빛이었어. 등에서 식은 땀이 흘렀어. 가까이 가자 형체를 알아볼 수 없을 정도로 구겨진 승용차 한 대가 보였어. 그 옆에는 승용차와 충돌한 것으로 보이는 트럭도 앞부분이 구겨진 채 있었고.

내가 그쪽으로 다가가자 경찰이 내 가슴을 밀면서 멀리 떨어지라고 소리를 질렀어. 그사이에 보고야 말았어.

그 승용차는…… 부모의 차였어.

나도 맞서서 소리를 질렀지.

- 봐야 해요! 우리 차란 말이에요!

경찰은 내 말을 듣지 못했는지 나를 더 세게 밀쳤어. 그 순간, 나는 나도 모르게 태권도 동작인 오른쪽 지르기로 경찰을 쳐 버렸어. 기습을 당한 경찰이 비틀거렸어. 죄송하다고 사과할 틈도 없었어. 나는 내 앞으로 달려드는 경찰들을 손 동작만으로 제압했어.

그리고 드디어 내 앞에 아무도 없을 때 사고 현장으로 뛰어들었어. 나는 눈앞까지 밀려드는 눈들을 두 손으로 헤치며 나아갔어. 아니, 나아갔다고 생각했어. 움직이고 있는 것은 두 손뿐, 두 발은 움직이지 않았어. 한 발자국만 더 움직이면 차 가까이 갈 수 있는데, 발은 땅에 붙은 듯 꼼짝도 하지 않았어. 머리는 부모가 마지막으로 탔던 차를 봐야겠다고 생각하고 있는데 몸은 거부하고 있었던 거야.

내가 망설이고 있는 사이에 경찰들이 뒤에서 나를 끌어당겼어. 나는 맥없이 경찰들에게 끌려 나왔어. 두 팔과 두 다리가 모두 잡힌 채 나는 울부짖었어. 눈물과 콧물이 흘러내렸어. 눈을 퍼붓는 하늘은 잔인하게 메말라 보였어. 내가 땅바닥에 주저앉아 울고 있는 동안에도 눈은 그칠 생각을 하지 않았어.

경찰차를 얻어 타고 병원으로 가는 동안에도 내 눈은 구겨진 자동차에서 떨어질 줄 몰랐어……. 자동차의 방향은, 내가 있던 도장 쪽으로 오는 길을 향하고 있었어…….

장례를 치르고 난 뒤에야 나는 부모님이 보험 하나 들어 놓지 않았다는 것과 몇억에 가까운 빚을 나에게 남겨 놓았다는 것을 알게 되었어. 어쩔 수 없이 파산 신청을 했어. 태권도 사범은 도장이나 안 되면 자기 집에서라도 같이 살면서 장학금을 신청해 보자고 했어. 나는 고개를 저었어. 사범은 의아해했지.

- 왜 거절하는 거지? 대회는 많고, 국가 대표 선발전도 또 있어. 지금 상심이 크다는 것은 알겠지만 좋은 기회를 놓치기 아까워.

- 부모님은 저 때문에 돌아가셨어요.

- 말도 안 돼. 폭설 때문에 난 사고였어. 인간의 영역 밖이야. 게다가 너는 그날도 도장에서 자고 있었고. 네 탓이 되어야 할 이유는 하나도 없지.

- 제가 집을 버렸기 때문이에요.

- 뭐?

- 제가 집을 버리고, 부모에게서 도망쳤기 때문에 부모는 그 집을 떠날 수 없었던 거예요. 두 분은 원래 헤어지시기로 되어 있었는데, 제가 선택하지 않아서 그때까지 저를 기다려 주시느라 그 집에서 같이 살아야만 했어요. 제가 빨리 결정

했더라면 그 집에서 모두 떠났을 거고, 부모님도 살아 계실 수 있었을 겁니다. 도장까지 차를 타고 올 일도 없었습니다.

- 그렇게 따지자면 잘못 없는 사람이 누가 있겠어? 마음 추스른 뒤에 꼭 다시 시작하자구.

사범은 내 어깨를 두드려 주었어. 나는 고개를 숙일 뿐이었지. 내가 이제껏 배웠던 태권도가 중요한 상황에서는 고작 길을 한 뼘밖에 만들어 주지 않았다는 것을 깨달았기 때문에 태권도를 계속할 수 없었어.

나는 잘 개어 놓은 도복과 띠를 사범에게 맡기고 길을 떠났어. 부어족의 순례를 떠나는 길이었지. 동사무소에서 사망 신고서를 작성할 때 벽에 붙어 있던 작은 포스터를 보았었거든. 그 포스터에는 로마족의 사진과 함께 부어족의 순례에 관한 내용이 나와 있었어. 특이하게도 시간은 나와 있지 않았어. 포스터 속에 있는 아이의 얼굴이 꼭 길을 잃은 내 얼굴과 닮아 보여서 마음이 끌리더라고.

사망 신고서를 작성한 뒤에 집 주소가 미로가 되었다는 것도 신고했어. 죽음을 알리는 신고서와 살아야 함을 알리는 신고서가 맞붙어 있으니 기분이…… 묘하더군. 주머니에 있던 마지막 담배를 물면서 나왔지. 담배의 맛은 쓰고도 달고, 달고도 매웠어.

알고 보니 두윤이 처음부터 가스러졌던 건 아니었다. 지금까지 두윤을 오해하고 있었던 것은 나였을지도 몰랐다. 나와 두윤 모두 집을 떠나지 않았다면 가족이 무사히 모일 수 있었을까? 쉽게 대답할 수 없는 문제였다.

"그래서였을 거야. 순례하면서 나도 모르게 삐딱선을 타게 되더라구. 어이없게 가신 부모 대신 살아남았다는 죄책감 때문인가."

"다시 시작하실 거죠?"

"뭘?"

"태권도 말입니다. 집을 찾으면 다시 시작하실 거잖아요."

"아직은 모르겠어. 하지만 나도 내 마음을 속이는 일은 오래 하지 말아야겠지. 내 마음과 술래잡기 하는 것도 쉬운 일이 아냐."

"……저는, 술래잡기를 끝내려구요."

"어떻게?"

"제자리에서 다시 시작할 겁니다."

"제자리라니, 서울역을 말하는 건가?"

"네, 일단 서울역으로 돌아가려구요."

두윤은 궁금한 얼굴을 했지만 더는 묻지 않았다.

나는 버스 앞쪽으로 가서 소민에게 서울역에 세워 달라고 부탁했다. 이유를 묻는 말에는 고시원에 되돌아가야 한다고

만 말했다. 소민은 그 말만 듣고도 고개를 끄덕였다. 누나의 전화 때문이라는 걸 아는 것 같았다.

다시 내 자리로 돌아왔다. 혜연이 잠에서 깨어 내 얼굴을 쳐다보고 있었다. 멋쩍게 웃어 보였다. 끝까지 함께 갈 것처럼 말해 놓고 먼저 내려야 한다는 게 미안해서였다. 그런 내 머리를 두윤이 가볍게 치면서 말했다.

"혜연이한테 눈독 들이지 마. 부어족 내에서는 연애 금지야."

"왜요?"

"집을 찾을 때까지는 한눈팔면 안 되거든. 미로에서 영영 길을 잃어 봐. 알거지밖에 더 되겠어?"

맞는 말이었다. 지금은 미로의 집으로 되어 있는 내 주소를 바꾸는 것이 더 시급했다. 가장 큰 미로는 내 마음속에 있었다. 순례를 떠나기 전보다 더 나쁠 수도 있지만 돌아가야 했다.

눈을 감았다. 창문을 열지도 않았는데 불지도 않은 바람이 느껴졌다. 눈을 감고 있어도 혜연의 시선이 느껴지는 것 같았다. 그 시선을 마주할 자신이 없어 더 힘주어서 눈을 감았다. 집 주소가 미로에서 미로가 아닌 것으로 바뀌고, 마음의 미로에서도 벗어나게 되면 혜연을 당당하게 마주할 수 있을 것 같았다. 그때까지는 미안한 마음까지도 간직하고 있기로 했다.

잠깐의 시간이 흐른 뒤에 눈을 다시 떴다. 잠든 것이 아니었는데도 쪽잠을 잔 것처럼 머리가 맑아졌다. 기분도 상쾌했다. 창문을 통해 밖을 보았다. 멀리 서울역 간판이 보였다. 순례를 떠나기 위해 맨 처음에 모였던 장소였다. 그때처럼 어둡지는 않았지만 어두워질 시각에 가까워지고 있었다. 곧 버스에서 내릴 시간이었다.

내가 눈을 뜬 것을 본 뒤에도 한동안 말이 없던 두윤이 서울역 간판이 보이자 말문을 열었다.

"만약 우리가 모두 미로 찾기에 실패하면, 우리끼리 순례를 다시 시작하자."

"또 술래잡기인가요?"

"그래, 우린 밤의 술래들이니까."

"만날 거면 한강에서 만나요."

잠자코 있던 혜연도 옆에서 끼어들었다.

"왜 한강인지……?"

"왠지 알겠다. 서울에서 침낭 깔고 자기에 제일 좋은 곳이잖아. 우리 집이 없으면, 어디든 집으로 만들어도 괜찮겠지. 강가면 더 좋고. 당분간은 말이야."

두윤은 엄지손가락을 들어 보였다. 그리고 마지막으로 덧붙였다.

"다음부터는 말 편하게 해. 함께 가는 이상 친구나 마찬가지지."

혜연은 한강 얘기를 한 뒤에는 다시 말이 없었다. 하지만 악수를 하기 위해 내민 내 손을 두 손으로 한참 동안 쥐고 있었다.

소민에게도 인사를 했다. 고시원에서 다시 만나게 될 수도 있었지만 이번이 마지막인 것처럼 진지하게 악수를 청했다. 소민도 나만큼이나 진지하게 악수했다. 악수한 뒤에 소민은 지갑을 꺼내서 지갑 안에 있는 돈을 모두 주었다. 나는 받지 않고 사양했다. 소민은 그 돈을 내 손에 놓고 주먹까지 쥐게 해 주면서 말했다.

"내가 개인적으로 주는 게 아니라, 지원금으로 주는 거야. 부어족 지원금. 우리는 낙오된 사람들에게 축하금과 지원금 명목으로 조금씩 돈을 주거든. 낙오된 것을 축하해, 황지욱."

소민의 말이 끝나는 것과 동시에 버스가 서울역 앞에서 멈춰 섰다. 버스에서 내리기 전에 한 번 더 뒤를 돌아보았다. 모두 손을 흔들어 주고 있었다. 나도 손을 크게 흔들어 주었다.

넓은 서울역 광장에 나 혼자 섰다. 돌아오지 말아야 할 순례에서 나 혼자 돌아왔다. 심호흡을 한 번 크게 했다. 두 팔을 번쩍 쳐들고 만세 동작을 해 보기도 했다. 제자리에서 점프도 여러 번 했다. 원래 서울역에는 대장 혼자 와야 했지만, 대장도 나 혼자 이렇게 서울역에 올 줄 예상하지 못했을 것이다.

세상에는 예상할 수 있는 일보다 예상할 수 없는 일이 많은 법이었다. 내가 경기도를 거쳐 서울에서 낙오될 줄 몰랐던 것처럼.

서울역 광장에 오래 머무르지 않고 곧바로 지하철을 탔다. 지하철 안에서 휴대폰으로 부모에게 문자를 썼다. 둘 다 휴대폰이 정지되었기 때문에 답장이 올 기약이 없는 문자를 쓰는 셈이었다.

이제 서로 술래잡기는 그만했으면 좋겠어요. 저도 기다릴 게요.

부모의 번호를 수신번호란에 각각 적었다가 지웠다. 대신 내 전화번호를 적어 넣었다. 메시지 전송 버튼을 누르자마자 진동 소리가 울렸다. 휴대폰으로 내가 보낸 문자가 도착해 있었다. 그 문자를 여러 번 읽었다. 부모가 내게 돈을 보내면서 통장에 미안하다, 기다려 달라고 썼던 마음으로 문자를 보려고 애썼다. 쉽지 않았다. 내 휴대폰에 부모의 번호가 뜰 일이 있을까. 보고 싶다는 말을 하기에는 멀리 와 버렸지만 마음이 조금씩 일렁이는 건 어쩔 수 없었다.

지금 이 시간에 지하철에 앉아 있는 것도 꽤 오랜만인 것처럼 느껴졌다. 일주일도 안 되는 짧은 순례였는데도 몇 년 동안 하고 온 것 같았다. 지하철에는 여전히 사람들이 많았고, 늘 그렇듯 하나같이 피곤해 보였다. 지하철에서 내내 휴대폰을 두 손에 쥔 채 앉아 있었다. 휴대폰을 얼마나 세게 쥐었는지 지하철에서 내렸을 때는 두 손이 저릴 정도였다.

역에서 나오자마자 민기가 일했던 편의점에 갔다. 소민이 준 지원금으로 흰 우유와 옥수수빵을 샀다. 편의점 의자에 앉아 우유와 빵을 먹었다. 우유에 젖은 빵을 씹고 있으니 구름을 먹는 것 같았다. 빗방울을 품고 있는 구름이었다.

편의점을 나오니 정말로 빗방울이 떨어지고 있었다. 하늘에 매지구름이 떴다. 비를 맞으며 고시원 쪽으로 향했다. 십 분쯤 걸어가니 익숙한 간판이 보였다. 햇살 무늬 고시원. 성이라 이름 붙은 고급 빌라인 '골드캐슬' 뒤에 있어서 햇살은 무늬조차도 보이지 않는 곳이었다.

고시원은 마침 현관문이 열려 있었다. 열쇠 구멍이 있는 문고리를 잡고 조심스럽게 돌렸다. 원래 소리가 많이 나는 문이었지만, 이곳에서 산 지 얼마 안 되어 문을 조용히 여는 법을 터득했었다. 달팽이가 기어가는 것처럼 발걸음 소리도 죽인 채 천천히 나아갔다. 자연스럽게 내 방 쪽으로 향했다. 다른 사람이 살고 있을 테지만 방문만이라도 다시 보고 싶었다.

그때, 내가 살았던 방의 문을 열고 누군가가 나왔다. 세상이 아니라 다른 방을 건너려는 것처럼 문지방을 편하게 밟고 있었다. 그 얼굴을 보는 순간 내 걸음이 멎었다. 내 얼굴을 본 상대방도 멈춰 섰다. 너무나 잘 알고 있는 얼굴이었다. 민기였다. 민기는 바가지를 든 채 방에서 나오고 있었다. 바가지 안에는 쌀이 담겨 있었다. 주인이 밥을 지을 때 쓰던 거였다.

열린 문 사이로 방 안을 보았다. 책상 옆에 쌀 포대가 있었다. 그 옆에는 과자 상자에 담긴 책들이 있었다. 그 상자가 내 책을 넣었던 것과 비슷했다. 그 안에 담긴 것도 고시원을 나가기 전에 주인에게 맡겨 두었던 내 책 같았다. 주인은 집만 구하면, 이라고 했던 내 말을 불가능이라고 해석한 것 같았다.

민기를 밀치고 방으로 뛰어 들어갔다. 상자를 열고 제일 위에 놓인 책을 집어 들었다. 책의 위 등에는 내 이름이 비스듬한 필체로 적혀 있었다. 역시 내 책이 맞았다.

바가지를 들고 서 있던 민기가 머뭇거리며 말했다.

"주, 주인 아지매가 니가 책 버리고 갔다고 해서…… 이번에 공무원 시험 한번 볼까 해서 내 달라꼬 했다."

"……이현준이라는 사람을 알고 있었지?"

나는 민기의 말을 듣자마자 대장의 이름을 물어보았다. 대장의 이름을 들은 민기의 얼굴이 굳어졌다. 그 표정이 모든 것을 말해 주고 있었다. 민기가 뭔가 말하기 위해 입술을 움직였다. 그 전에 내가 먼저 말했다.

"내가 고시원 나갔다고 해서 순례를 소개한 거지?"

"……맞다. 편의점도 지겹고, 편의점 경력 있다 하니 바로 총무로 뽑아 주더라. 니는 순례에서 바로 집 찾을 줄 알았는데……."

"그 순례가 실험인 것도 알고 있었어?"

나는 질문을 해 놓고는 민기의 말을 더 듣지 않고 고시원을 빠져나왔다. 그 뒤의 말을 들을 자신이 없었다. 편의점 경력 하나 차이로 총무로도 못 뽑힌 것도 자존심이 상했다. 고시원에서 멀어질 때까지 뒤돌아보지 않았다. 민기는 대장이 새롭게 하려는 순례가 실험이었다는 것까지 알고 있었을지 몰랐다. 소민이 내가 순례한다는 것을 민기한테 들었다고 했었다. 그때는 누나 이야기에만 집중해서 몰랐는데, 이제 보니 민기와 소민이 개인적으로 알 리 없었다. 내가 고시원을 나간 날 고시원에 들어온 민기를 소민이 만난 거였다. 민기는 원했던 대로, 청소부를 목적으로 자기를 제대로 끼워 팔기한 셈이었다. 진짜 주택 매니저는 공무원 시험처럼 자격시험이 있을 터였다. 민기에게 내 삶에서 마지막으로 가질 수 있는 집을 빼앗긴 기분이었다. 그곳은 원래 내 집이었다. 지은 누나를 기다려야 할 집이기도 했다.

아니, 이제는 그 집을 내 것이라고 할 수도 없을 것 같았다. 집은 보통 명사가 아닌 고유 명사였다. 나처럼 평범한 사람은 집을 가질 수 없었다. 고유한 사람만 집을 가졌다. 동시에 집은 구체 명사가 아닌 추상 명사이기도 했다. 아무리 현실로 구체화하고 싶어도 누군가에게는 추상적인 목표이기만 했다. 내 등에 얹혀 있는 집을 제외한 모든 집은 성역이었다. 벨을 누를 수도, 노크할 수도 없었다. 누나의 전화가 오면 받아야 하는데, 받아서 돌아오라고 말해야 하는데, 전화를 받아야 할 나는 정작 그곳에 있을 수 없게 되었다.

다시 땅을 바라보며 걸었다. 혼자만의 순례가 이미 시작되고 있었다. 비가 멎었다. 고시원이 있는 골목을 돌아 큰길로 나왔다. 길을 건너기 위해 횡단보도에 섰다.

그때, 발밑에 폭죽이 하나 떨어져 있는 것이 보였다. 건너편을 보았다. 푸른색 간판의 프랜차이즈 제과점이 있었다. 누군가가 그곳에서 케이크를 사서 급하게 길을 건너다가 폭죽을 흘리고 간 것 같았다. 비를 맞아 폭죽의 표면에 물방울이 맺혀 있었다. 나도 모르게 그 폭죽을 주워서 바지 주머니에 넣었다. 굽힌 허리를 펴서 다시 횡단보도에 섰을 때, 내 옆에서 있던 여고생 두 명의 재잘거리는 소리가 들렸다.

"오늘 불꽃 축제하는 날인데 비 와서 안 하는 거 아냐?"

"지금은 그쳤으니까 혹시 할지도 몰라. 저녁이 되면 알 수 있겠지, 일단 가 보자."

"아, 짜증 나. 왜 많고 많은 날 중에 오늘 비 오고 난리야."

신호가 바뀌자 여고생들은 길을 뛰어서 건넜다. 그리고 바로 편의점에 들어갔다. 간식거리를 사려는 것 같았다. 불꽃축제는 보통 가을에 하는 거로 알고 있었는데 왜 여름에 하는지 의아했다. 하지만 상관없었다.

나는 횡단보도를 건너지 않고 뒤돌아섰다. 불꽃놀이를 잘 볼 수 있는 곳을 알고 있었다. 햇살 무늬 고시원을 지나서 오르막길을 올라가면 한강과 남산타워가 한눈에 보였다. 놀이터도 있었다. 고시원에 있었을 때 아침마다 운동했던 곳이었다.

날이 저물 때까지 등나무 벤치에 앉아 있었다. 불꽃놀이를 기다리기 위해서였다. 배낭도 벗어 두어서 등이 가벼웠다. 배낭은 실연당한 사람처럼 주저앉아 있었다.

사람들이 자리를 잡기 위해 놀이터 쪽으로 올라오기 시작했다. 모두 뛰어오고 있었다. 불꽃놀이를 시작할 시간이 다가온 것 같았다. 사람들이 내 쪽으로 뛰어오는 것을 보자 그대로 앉아 있을 수 없었다. 그들은 집이 있는 사람들이었다. 불꽃놀이를 보고 나서 느긋하게 집에 돌아가면 되었다. 그 사람들과 달리 나는 갈 곳이 없었다. 돌고 돌아 또다시 미로였다. 오늘 밤은 또 어디서 자지, 하는 생각이 들자 마음이 급해졌다. 집부터 정해 놓고 그들처럼 편한 마음으로 불꽃놀이를 보고 싶었다.

벌떡 일어나 배낭을 둘러멨다. 올라오는 사람들과 반대 방향으로 뛰어 내려갔다. 내리막길이 끝나는 지점까지 한 번도 멈추지 않았다. 그러다가 왼편 골목에서 뛰어나온 여자와 부딪힐 뻔했다. 여자는 씨앗만 한 눈을 크게 뜬 채 나를 올려다보았다. 골목 안에서 여자를 부르는 소리가 들렸다. 여자애의 목소리였다.

골목을 들여다보았다. 아이는 다시 대문 앞에서 늦게 나오는 이를 재촉했다. 온 가족이 불꽃놀이를 보러 가는 것 같았다. 중년 남성이 대문을 열고 나왔다. 그는 아이의 손을 잡고 뛰었다. 여자도 그 뒤를 따랐다. 그들이 나를 지나쳐 오르막길에 접어들자마자 불꽃이 터지는 소리가 희미하게 들려왔다.

나는 골목 안으로 들어갔다. 방금 마주쳤던 가족의 집으로 향했다. 대문은 잠겨 있지 않았다. 대문을 살며시 열었다. 밀리는 무게보다 더 큰 소리가 귀를 찢었다. 다행히 개를 키우지 않는지 마당은 조용했다. 조심스럽게 옥상으로 통하는 계단을 올라갔다. 옥상에는 빈 빨랫줄만 걸려 있었다. 그 줄보다 더 많은 전깃줄은 하늘을 갈라놓았다. 유난히 밝은 달이 전깃줄 사이에 걸려 있었다. 다른 이의 집에 함부로 침입하는 것이 마음에 걸리기는 했지만 오늘만큼은 집 있는 사람의 흉내를 내고 싶었다. 하룻밤만 옥상을 빌리기로 했다.

드디어, 오늘의 집을 찾았다.

배낭에서 침낭을 꺼내 바닥에 펼쳤다. 그 안에 몸을 들이밀었다. 지퍼를 목까지 올린 다음 그 상태로 일어났다. 두 발을 힘껏 굴려 하늘로 뛰어올랐다. 두어 번 앞으로 가다가 옆으로 넘어졌다. 다시 일어나 뛰어올랐다. 한 번 뛰어올랐다가 내려올 때마다 전깃줄에 걸린 달이 위아래로 흔들거렸다. 달이 전깃줄에서 줄타기하는 것 같았다. 다시 옆으로 쓰러졌다.

멀리서 불꽃이 터지는 소리가 희미하게 들려왔다. 날이 어두워져야 비로소 선명하게 보이는 불꽃이었다. 불꽃을 보려면 낮과 밤 사이의 시간인 저녁이 되기 전까지는 기다려야 했다. 저녁은 최소한의 자격이었다. 완전히 밝지도, 완전히 어둡지도 않은 사이의 시간이었다. 어느 계절에나 좋은 시간이며, 가족들이 모이기 좋은 시간이며, 누군가를 만나기에도 좋은 시간이었다.

그래서 새로운 술래가 태어나는 시간일 수 있었다. 아무도 걷기 시작하지 않았던 시간이기 때문이었다. 기다리면서 움직이는 시간이기 때문이었다. 저녁이 되기를 기다렸던 나는 새로운 술래가 될 자격이 있었다.

내 주머니에도 불꽃 하나가 있었다. 아까 길에서 주웠던 폭죽이었다. 생애의 단 한 방을 위해 늘 폭약을 장전해 두는 꽃이었다. 불꽃 축제의 특별 부록쯤은 될 것이다. 나는 특별 부록을 위해 만화 잡지를 샀던 누나처럼, 큰 불꽃 대신 특별 부록 같은 작은 폭죽을 고르기로 했다. 바지 주머니에서 폭죽을 꺼냈다. 누군가의 집에서 터지지 못한 폭죽이 내 손에 쥐어졌다.

침낭의 지퍼를 열었다. 침낭에서 두 팔만 꺼냈다. 팔을 앞으로 내밀어 고깔모자 모양의 폭죽을 하늘로 쳐들었다. 힘차게 실을 당겼다. 큰 불꽃의 펑, 소리까지는 아니었지만 팡, 소리가 제법 시원했다. 저녁이 탄생하는 소리였다. 빗물이 묻어 있었지만 불발탄은 아니었다. 비에 한 번 젖었다고 해서 폭죽이 아닌 것은 아니었다. 그동안 나 역시 단지 비에 젖은 폭죽이었을 뿐이었다. 폭죽에서 오색의 종이 꼬리들이 떨어졌다. 불꽃놀이의 색과 비슷했다.

그거면 충분했다. 나는 하늘과 가까운 곳에서 다시 열릴 부어족의 순례를 미리 축하했다. 내가 주최하는 순례였다. 저녁이 되기를 기다려 걸을 예정이었다. 어슴푸레하게 보이는 풍경들 속에서 비로소 진짜로 찾고 싶은 게 드러날 것 같았다. 두윤과 혜연뿐만 아니라 경수, 대장까지 언젠가는 집을 찾았으면 좋겠다는 생각이 들었다. 붙박이고 싶은 마음은 누구나 마찬가지였다. 민기는 당분간 찾지 않을 것이다.

폭죽의 가느다란 연기에도 눈이 시큰거렸다. 눈물을 걱정하지는 않았다. 얼굴을 가리고 싶으면, 침낭을 머리끝까지 올려버리면 그만이었다. 술래잡기 역시 새롭게 시작해야 했다. 어둠이 내리기 시작해서 얼굴이 가려져야 술래를 하기 좋았다.

이번에는 숨어 있는 사람들을 반드시 찾는 술래가 될 것이다.

머리카락이 안 보여도 꼭꼭 찾는 술래. 그 술래가 나였다.

* 참고자료

나희덕,『그 말이 잎을 물들였다』, 창작과비평사, 1994.

로마족 관련 정보 참고 : 국제 앰네스티(http://amnesty.or.kr/campaign/)

저자의 말

이십 대 후반에 썼던 소설을 십 년이 가까운 시간이 지난 뒤에 세상에 내놓는다. 자리를 찾는 데 오래 걸려서 시간의 간격이 큰 만큼 세상이 많이 변했을 거라 생각했는데, 청년 문제와 주거 문제가 아직도 유효하다는 것에 마냥 좋아할 수만은 없을 것 같다. 그래도 쓰는 사람의 마음으로, 낯익은 주제가 낡은 주제가 되지 않길 바라며 글을 다듬었다.

이 소설을 볼 때마다 뜨겁게 걸었던 여름이 떠오른다. 개인적으로 힘든 일이 있어 떠났던 길이었지만 이십 일 넘게 내내 걷는 동안 생각할 시간도 많아서, 그게 아무 문제도 아니었다는 결론에 이르렀었다. 일직선으로 나아가는데도 제자리로 돌아오는 것 같았다. 내 자리에 돌아오기 위해 떠나는 길을 따라가며 쓰는 것에 관해서도 많이 생각했었다. 내 글을 쓰겠지만, 나만을 위한 글을 쓰지는 않겠다고. 같은 길만 계속 가는 것에 지칠 법도 한데 글의 순례를 포기하지 않아 안도감이 든다. 그 안도감에는 긴장감도 약간은 섞여 있다. 본격적인 길은 지금부터 시작일 것이므로. 글의 순례에 기꺼이 동참하여 부족한 소설을 읽어 주고 응원과 조언을 아끼지 않은 고마운 사람들이 생각난다. 잊지 않고 다정한 감사 인사를 건네야겠다. 정성으로 출간에 힘써 준 실천문학에도 감사 인사를 전한다.

당시에는 피로와 더위에 지친 모습만 기억했지만, 시간이 흐른 뒤 강렬한 이미지로 기억되는 건 어두운 길을 밝혀 주었던 야광봉과 반딧불이의 불빛이었다. 어둠 속에서 빛으로 기억되는 길이 앞으로의 걸음을 이끌어 줄 것이다. 흐르듯이 사느라 매듭을 짓지 않고 바로 다음 단계로 넘어가는 느낌이었는데, 이제야 이십 대를 제대로 마감하는 것 같다.

부어스, 별을 따는 사람들

2021년 11월 22일 1판 1쇄 찍음
2021년 11월 22일 1판 1쇄 펴냄

지은이 권혜린
펴낸이 윤한룡
편집 신한선
관리 이소연
디자인 윤려하
펴낸곳 (주)실천문학
등록 10-1221호(1995. 10. 26.)
주소 남양주시 퇴계원읍 퇴계원로 52 405호
전화 02-322-2161~2
팩스 02-322-2166
홈페이지 www.silcheon.com

ISBN 978-89-392-3092-7 03810

이 도서는 한국출판문화산업진흥원의
'2021년 우수출판콘텐츠 제작 지원 사업' 선정작입니다.